汽车运用与维修专业课程改革试验教材

汽 车 营 销

杜英姿　主编

高等教育出版社

内容简介

本书是根据上海市教育委员会组织开发和制定的《上海市中等职业技术学校汽车运用与维修专业教学标准》,并参照相关行业岗位标准编写的中等职业技术学校汽车运用与维修专业教学用书。

《汽车营销》是汽车运用与维修专业(汽车商务专门化方向)的核心课程教材,也是汽车维修机工专门化方向、汽车钣金专门化方向、汽车涂装专门化方向的选修课程教材。

全书主要内容包括:汽车营销市场开发、汽车营销技巧、汽车营销实务、汽车产品质量法规、电子商务知识共5个项目16个活动以及技能训练。

本书采用出版物短信防伪系统。用封底下方的防伪码,按照本书最后一页"郑重声明"下方的使用说明进行操作。

本书主要供中等职业学校汽车运用与维修专业教学使用,也可作为相关行业岗位培训和汽车营销人员自学用书。

图书在版编目(CIP)数据

汽车营销/杜英姿主编. —北京:高等教育出版社,
2008.12
    ISBN 978 - 7 - 04 - 025788 - 5

    Ⅰ.汽… Ⅱ.杜… Ⅲ.汽车工业-市场营销学-专业
学校-教材 Ⅳ.F407.471.5

    中国版本图书馆 CIP 数据核字(2008)第 181177 号

策划编辑	李新宇	**责任编辑**	李新宇	**封面设计**	于 涛	**责任绘图**	尹 莉
版式设计	张 岚	**责任校对**	金 辉	**责任印制**	朱学忠		

出版发行	高等教育出版社	购书热线	010 - 58581118
社 址	北京市西城区德外大街 4 号	免费咨询	800 - 810 - 0598
邮政编码	100120	网 址	http://www.hep.edu.cn
总 机	010 - 58581000		http://www.hep.com.cn
经 销	蓝色畅想图书发行有限公司	网上订购	http://www.landraco.com
印 刷	人民教育出版社印刷厂		http://www.landraco.com.cn
		畅想教育	http://www.widedu.com
开 本	787×1092 1/16	版 次	2008 年 12 月第 1 版
印 张	8	印 次	2008 年 12 月第 1 次印刷
字 数	150 000	定 价	11.90 元

本书如有缺页、倒页、脱页等质量问题,请到所购图书销售部门联系调换。

汽车运用与维修专业
教材编写委员会

序

基于《上海市中等职业教育深化课程教材改革行动计划(2004—2007)》,由上海市教育委员会组织开发编制的《上海市中等职业技术学校汽车运用与维修专业教学标准》已于 2006 年 10 月正式出版发行。这是上海市教育委员会贯彻落实国务院和上海市人民政府《关于大力发展职业教育的决定》,深化中职课程与教材改革的一项重要举措,旨在建设反映上海特点、时代特征,具有职业教育特色,品种多样、系列配套、层次衔接,能应对劳动就业市场和满足学生发展多元需要的中等职业教育课程和教材体系。

《上海市中等职业技术学校汽车运用与维修专业教学标准》是上海市为深化课程与教材改革首批开发的 12 个专业教学标准之一。它以"任务引领型"目标为核心,对应当前汽车运用与维修行业的六大工种,设计了 6 个专门化方向,即汽车维修机工、汽车维修电工、汽车商务、汽车维修钣金工、汽车维修油漆工、汽车装潢美容工。根据此专业标准,汽车运用与维修专业共设 34 门课程,其中专业核心课程 5 门,专门化方向课程 29 门。全市开设汽车运用与维修专业的中等职业技术学校将统一按此教学标准,使用统一的教材实施教学。

汽车运用与维修专业课程有五个特征:一是任务引领,即以工作任务引领知识、技能和态度,使学生在完成工作任务的过程中学习专业知识,培养学生的综合职业能力。二是结果驱动,即通过完成典型产品或服务,激发学生的成就动机,使之获得完成工作任务所需要的综合职业能力。三是突出能力,即课程定位与目标、课程内容与要求、教学过程与评价都围绕职业能力的培养,涵盖职业技能考核要求,体现职业教育课程的本质特征。四是内容适用,即紧紧围绕完成工作任务的需要来选择课程内容,不强调知识的系统性,而注重内容的实用性和针对性。五是做学一体,即打破长期以来的理论与实践二元分离的局面,以任务为核心,实现理论与实践一体化教学。

为了促进新教材的推广使用,便于边使用边修订完善,我们整合上海市相关中等职业学校在汽车运用与维修专业方面的优质资源,成立了由相关中等职业学校校长为主的教材编写委员会,组织各中等职业学校资深的专业教师编写教材,以达到忠实体现上海市以"任务引领型课程"为主体的中等职业学校课程与教材改革的理念与思路的目的,保证教材的编写质量。本套教材将本着立足上海,服务全国的宗旨,在积极贯彻落实上海市教育委员会下达的上海市中等职业技术教育课程教材改革任务的同时,也希望能为全国中等职业技术教育的课程教材改革提供案例,为我国职业教育的发展作出自己应有的贡献。

汽车运用与维修专业教材编写委员会

2007 年 6 月

前　言

本书是根据上海市教育委员会组织开发和制定的《上海市中等职业技术学校汽车运用与维修专业教学标准》，并参照相关行业岗位标准编写的中等职业技术学校汽车运用与维修专业教学用书。

本书是汽车运用与维修专业的核心课程教材。其功能在于力求把传授知识和培养实践技能结合起来，强调理论知识的应用性，培养学生的逻辑思维和分析能力，使之具备从事汽车营销的基本职业能力。通过学习使学生了解汽车营销市场的形成和发展，掌握汽车营销的技巧并学会实务操作，理解汽车产品质量对汽车生产、销售企业以及客户的重大意义，并能借助电子商务平台进行汽车营销活动。

本书以科学发展观为指导，以服务为宗旨，以就业为导向，以能力为本位，以岗位需要为依据，体现职业和职业教育发展趋势，满足学生职业生涯发展和适应社会经济发展的需要。

本书的特色主要有：

1. 根据职业能力要求，以工作为"项目"，以完成某一项任务为"活动"。活动内容以汽车营销知识和操作为主。

2. 突出实践在课程中的主体地位，体现任务引领理念。通过相应的实践活动来组织教学过程，使理论符合和满足实践的需要。

3. 按照实践活动设计学习过程和组织教学。建立任务与知识、技能的联系，增强学生的直观体验，激发学生的学习兴趣。

4. 活动可在多媒体教室进行，有条件的争取在实践活动场所开展。

5. 基本知识内容丰富、图文并茂，增强了直观性和趣味性。

本书使用建议：

1. 由具备一定专业能力的教师任教。

2. 采用多媒体教学或现场式教学。

3. 留出更多的时间组织学生参与参观活动和社会实践活动。

4. 建议课时安排如下：

项　　目	理论课时	实践课时
项目一　汽车营销市场开发	10	2
项目二　汽车营销技巧	20	12
项目三　汽车营销实务	20	14
项目四　汽车产品质量法规	8	2
项目五　电子商务知识	6	2
总计:96 课时	64	32

　　本书采用出版物短信防伪系统。用封底下方的防伪码,按照本书最后一页"郑重声明"下方的使用说明进行操作。

　　本书的项目一、项目二、项目四、项目五由杜英姿编写,项目三由杨晓燕、杜英姿编写,杜英姿任主编。任务引领型课程突出工作任务的完整,难以涵盖课程中所有的知识点,有些活动难以适用各校实际和师资情况。各教学单位在选用时,注意总结经验,根据各自实际情况作适当调整,及时提出修改意见和建议。由于时间和水平所限,书中错漏之处难免,希望广大读者和专家批评指正。

编　者

2008 年 8 月

目　　录

项目一　汽车营销市场开发

项目描述

　　汽车市场营销作为一门新兴的课程，包含了市场营销的传统理论，同时添加了许多汽车方面的专业知识和技能，将管理类的知识与汽车工程领域的知识进行了结合。通过下面活动的学习和体验，了解汽车市场与汽车市场营销的含义，汽车市场营销观念的演变以及我国汽车市场的开发和发展情况。

活动1 市场与市场营销的含义

活动要求

活动在教室、多媒体教室进行。通过活动使学生知道营销学中对市场含义的全面诠释,了解汽车市场,掌握汽车市场营销的含义。

活动内容

图1-1 北京亚运村汽车交易市场

一、市场与汽车市场

1. 对市场的理解

通常,人们总是把市场看作是交换商品的场所。这种市场的形式至今仍然很普遍,如商场、城乡集贸市场、汽车交易市场(图1-1)等。

现代商品交换已不再受时间和空间的限制,人们可以在任何时间和任何地方实现商品的交换。市场已不仅仅指具体的交易场所,而是商品交换关系的总称。

市场营销学中的市场是指有愿意并能够通过交换来满足某种需要欲望的全部顾客。用公式来表示:

市场=人口+购买力+购买欲望

2. 汽车市场

将市场的概念运用到汽车这种商品的交换上去,就形成了汽车市场。汽车市场是指将汽车作为商品进行交换,是汽车的买方、卖方和中间商组成的一个有机的整体。

二、市场营销与汽车市场营销

1. 市场营销

市场营销是指在不断变化的市场环境中,以顾客需要为出发点,综合运用各种战略和策略,把商品和服务整体地销售给顾客,尽可能满足顾客需求,并最终实现企业目标而展开的整体经营活动。

从以上含义我们归纳市场营销的三个要点:

市场营销的出发点:顾客需要。

市场营销的手段:运用各种战略和策略。

市场营销的目标:满足顾客需求、实现自身目标。

2. 汽车市场营销

(1) 汽车市场营销≠汽车推销

(2) 汽车市场营销

汽车市场营销是指汽车生产或销售企业为了满足消费者现实需求和潜在需要,实现企业目标,通过市场达成交易的综合性的汽车商务活动过程。即卖方按买方的需要,在最适当的时间和地点,以最合理的价格和最合理的方式提供汽车产品或服务,买方付出相应的货币满足卖方,双方各得其所。

(3) 汽车市场营销策略

产品策略(Product);

渠道策略(Place);

定价策略(Price);

促销策略(Promotion)。

(4) 汽车市场营销模式

自营自销——汽车生产企业自筹自建销售网络体系。

代理制——汽车生产企业借助中间商的分销系统,组成销售网,销售产品的经营模式。

特许经营制(图 1-2、图 1-3)——特许人授予受许人,在双方一致同意的书面特许合同的框架内,使用特许人的商号、商标、服务标记、经营诀窍、商业和技术方

图 1-2　汽车销售公司

图 1-3　一汽大众特许经销商

法等，受许人以自己的资产进行营销活动的经营模式。

品牌专营汽车专卖店——由汽车制造商或销售商授权，只经营销售专一汽车品牌、为消费者提供全方位购车服务的汽车交易场所。

汽车超市(图1-4)——又称汽车商店，也就是以汽车服务贸易为主体，一家商店可以提供多种品牌的选择和服务的营销模式。

图1-4　美国CARMAX汽车超市

汽车城——是大型的汽车交易市场，集纳众多的汽车经销商和汽车品牌形成的集中多样化交易模式。例如，美国的底特律市、日本的丰田市、德国的斯图加特市、意大利的都灵市等都是世界著名的汽车城。

近年来，伴随着国际汽车产业加速向中国转移的大趋势，我国在上海、宁波、天津、扬州等地打造了一个个的国际汽车城。上海安亭国际汽车城位于上海市西北郊，以轿车工业和轿车生产配套工业为主。它包括核心区、整车制造、零部件配套制造区、F1国际赛车场、服务贸易区、教育园区等主要区域。上海大众汽车有限公司落户在制造区内，多家国际著名汽车厂商的营销总部、代理机构和跨国采购中心已进驻，是集研发、制造、贸易、博览、运动、旅游等多功能于一体的综合性汽车产业基地。

活动 2　汽车市场营销的形成和发展

 **活动要求**

活动在教室或多媒体教室进行。通过活动使学生知道汽车市场营销观念的形成和五个发展阶段,了解汽车市场营销观念对汽车生产企业和汽车销售企业经营活动的影响。

活动内容

汽车市场营销观念是随着汽车市场的形成而产生,汽车市场营销观念的发展大体经历了五个阶段,即生产观念、产品观念、推销观念、市场营销观念和社会营销观念。

一、生产观念

生产观念就是以生产者为中心,生产决定销售的经营思想。对于汽车生产企业来说,20 世纪 20 年代以前,由于产品销路不成问题,企业经营活动的重心就是扩大生产规模获得利润,"企业生产什么,顾客就买什么",不必考虑市场需求问题,也不讲究产品的推销方法。

福特汽车公司通过采用流水作业方式,生产单一品种提高生产效率,由于生产成本下降,销售价格也相应降低。福特汽车常常供不应求,清一色的黑色 T 型车(图 1-5)畅销无阻,毋需考虑市场需求问题。美国福特汽车的创始人亨利福特曾经说过:"不管顾客需要什么颜色的汽车,我们的汽车只有黑色的。"他在公司推销员全国年会上听到关于 T 型车需要改进的呼吁后,说:"先生们,根据我看,福特车的唯一缺点是我们生产得还不够快。"

图 1-5　福特和他的黑色 T 型车

福特汽车公司在相当长的一段时间里,无视消费者需求的变化,坚持生产和推销单一的 T 型车,使汽车销售量日趋下降,甚至面临倒闭的危险。

图1-6 第一辆组装的"富康"轿车

图1-7 神龙富康988"新自由人"

图1-8 07年推出的新款蒙迪欧

图1-9 07年销售中的老款蒙迪欧

二、产品观念

产品观念就是以产品为中心，提高或改进产品质量和功能来吸引顾客购买的经营思想。这种观念认为：只要产品质量好、功能多、有特色，顾客就会购买，企业生产什么就卖什么，"酒香不怕巷子深"。企业致力于制造质量优良的产品，并不断地加以提高。

随着1992年9月4日神龙公司第一辆组装的"富康"轿车(图1-6)下线，作为"老三样"之一的富康在很长一段时间里销量排在捷达和桑塔纳的后面。2001年11月29日，神龙公司更是在家轿市场上发起了猛烈攻势，推出了9.78万元的富康"新自由人"(图1-7)，率先把"老三样"拖下了10万元的门槛。在其带动下，富康销售开始走强，神龙公司全年共销售整车53 194辆，当年取得了国产中档轿车增幅第一的佳绩。

三、推销观念

推销观念就是汽车生产企业以现有产品销售为中心，增加销售量促进生产的经营思想。这种观念认为：要想在竞争中取胜，就必须卖掉自己生产的每一个产品；要想卖掉自己的产品，就必须引起消费者购买自己产品的兴趣和欲望；要想引起这种兴趣和欲望，公司就必须进行大量的推销活动。

长安福特在2007年推出新款蒙迪欧(图1-8)之际，采用了大幅度的降价优惠措施，对老款蒙迪欧(图1-9)进行推销。

许多企业确信，只要努力推销，产品是可以销售出去的。简而言之，"产品是被卖出去的。"

四、市场营销观念

市场营销观念就是以市场为导向，以消费者需求为中心的经营思想。这种观念认为：消费者的需求是市场问题的核心，企业要比其他竞争对手更加有效地满足这种需求和欲望。因而，消费者需要什么产品，企业就生产什么、销售什么产品。

当福特的 T 型车不能满足消费者需求的时候，通用公司推出了新式样和新颜色的雪佛莱汽车，迎合消费者追求时髦、舒适感等需要。

对于国内用户来说，POLO 可以算得上是一款非常经典的小车，自从 2002 年落户上海大众之后，就一直在国内的小型车市场占有很重要的地位。而经过多年的打拼，如今 POLO 家族不断壮大，包括 POLO 劲情（图 1-10）、POLO 劲取以及 CROSS POLO 等一共 13 款车型之多，不过最受欢迎的还要属 POLO 劲情。POLO 劲情设计了不同配置（图 1-11）、不同外形和不同价格的差异化的产品满足不同消费者的需要。

五、社会营销观念

社会营销观念就是指企业在开展营销活动时，以社会长远利益为中心。企业不仅要满足市场需要，实现企业目标，还要符合消费者和社会发展的长远利益。

例如，福特汽车（中国）有限公司在不断拓展业务、增加投资的同时，更关注社会长远利益，已经在许多领域开展了一系列活动。如合作建立福特中国研究与发展基金、设立福特汽车环保奖、研发福特混合动力车（图 1-12）、捐资

图 1-10　POLO 劲情

上海大众 POLO 劲情最新报价表(万元)			
POLO 劲情	指导价	现价	降幅
1.4 MT 时尚版	9.08	7.75	↘1.33
1.4 MT 风尚版	10.06	8.65	↘1.41
1.4 AT 时尚版	10.56	9.00	↘1.56
1.4 AT 风尚版	11.36	9.90	↘1.46
1.6 AT 风尚版	11.98	10.20	↘1.78
地点:北京地区 2 级经销商 08 年 07 月 01 日价格(XGO 汽车网)			

图 1-11　不同配置的 POLO 劲情

图 1-12　福特混合动力车

助学和赈灾救助等,并且获得了第三届
"中华环境奖 2005 年度企业环保绿色东
方奖"。

　　汽车市场营销观念的发展,使企业
的经营发生了根本性的变革。通常,我
们把以生产者(企业)为中心的生产观
念、产品观念和推销观念称为旧观念,
把以消费者(市场)为中心的市场营销
观念和社会营销观念称为新观念。新旧
两类观念在以下方面有着本质的区别
(表 1-1)。

表 1-1　新旧营销观念的比较

	旧观念	新观念
营销观念	生产观念 产品观念 推销观念	市场营销观念 社会营销观念
特征	卖方市场 以生产者为中心 生产导向 以产定销	买方市场 以消费者为中心 市场导向 以销定产
重点	产品的生产、质量等方面	满足顾客需求
方法	推销与宣传	整体营销活动
目的	扩大销售 获得利润	满足需求 获得利润

活动 3 我国汽车市场营销的发展

活动在教室、多媒体教室或汽车交易市场进行。通过活动使学生知道我国汽车企业在国内、国际市场的开发历程；了解我国当前国内汽车市场营销的基本情况。

一、国际市场开发

我国汽车出口始于1957年。20世纪80年代，开始了汽车产品贸易出口。在这一时期，汽车产品的整体出口水平仍较低。整车出口很少，汽车的零部件出口的品种主要是标准件、摩擦材料、点火线圈（图1-13）、万向节、千斤顶等产品，而且大多是提供给维修市场的低档产品。香港和东南亚国家是主要市场。

20世纪90年代，我国汽车工业引进了大量先进技术和设备，改善了汽车工业的产品构成，提高了产品质量，为扩大汽车产品出口奠定了基础。这一时期，我国汽车产品的出口发展较快，出口额从1990年的1.27亿美元增长到1999年的11.87亿美元，增长近10倍。汽车零部件、载货汽车、摩托车、轿车和各种专用汽车都有出口。

图1-13 点火线圈

自2000年开始，我国汽车及零部件出口迅猛增长。零部件出口每年以40%以上的速度增长（图1-14）。其

图1-14 2000—2007年中国汽车零部件出口额

中汽车整车出口尤为迅猛。我国汽车整车出口增长速度每年都在70%以上，2003年整车出口1.251万辆；2004年出口1.36万辆；2005年出口17.3万辆，同期进口量为16.19万辆，出口量首次超过进口量1.1万辆；2006年的出口量为34.34万辆左右。

中国汽车产业，尤其是轿车产品曲曲折折盘桓了20年，还是没有整体走出以合资为主的格局。汽车出口是检验一个国家汽车工业发达程度的指标，只有大量出口才能跻身于全球汽车工业高水平的竞争。奇瑞积极开拓海外市场，2001年10月，奇瑞生产的轿车——风云（图1-15）第一批10辆出口叙利亚，开创了自主品牌出口海外之先河。随后，以吉利、长城、比亚迪等为代表的民营企业和以一汽、长安、东风、江淮为代表的国有汽车集团也纷纷加大海外汽车市场的拓展力度，汽车出口量节节攀升。

2005年，中国汽车企业终于开始向海外市场发力，中国汽车出口向前迈进了一大步，出口首次超过进口。《纽约时报》也于2006年4月26日刊登了《中国将成为世界主要汽车出口国》的报道。

中国机电产品进出口商会汽车分会的统计数据显示，2007年我国出口各类汽车整车（含成套散件、含装有发动机的汽车底盘）61.5万辆，出口金额73.2亿美元，中国已成为世界第八大汽车出口国。

图1-15 出口产品——奇瑞风云

二、国内市场开发

1. 国内汽车市场竞争形势

在全球汽车市场不景气的形势下,国际汽车行业之间的竞争加剧。为了提高各自的竞争实力,国外一些汽车公司纷纷改组、合并,把目标瞄准中国这个巨大的潜在市场。一些曾不愿与中国打交道的国外汽车公司也纷纷开始来投资设厂或建设销售网和维修服务站,参与到成长中的中国汽车市场,中国汽车工业面临来自国际竞争对手日趋严峻的挑战。

可以预见,一场没有硝烟的世界汽车工业大战将很快围绕争夺我国汽车市场而展开。中国汽车工业将被迫在国际、国内两个汽车市场上同国际汽车工业巨头短兵相接,展开营销大战。我国汽车市场营销比以往任何时候的压力都大,当然机会也更多。我们必须借助科学的营销策略,认识新的营销特点,探索新的营销规律,创造新的营销方法来开展市场营销活动,促进汽车市场及营销活动的发展。

2. 当前国内市场汽车营销情况

当前,我国汽车工业已经形成了比较完整的产品系列和生产布局,一汽集团、东风汽车、上汽集团等大型企业集团的发展已具有一定规模,国产汽车市场占有率超过95%。

经过多年的发展,我国汽车营销模式正在向多样化方向发展,这符合当前汽车市场发展的特点和汽车消费群体的不同需求,适应市场差异化、消费个性化的要求。经营、销售和服务都比较规范的特许经营专卖店,是目前汽车厂家积极推行的主要营销模式。

从客观上讲,我国汽车营销处于产品不断更新、价格不断下降、宣传手段不断创新、渠道服务不断拓展提升的阶段。

中国汽车工业协会公布的数据显示,2007年中国汽车产销分别为888.24万辆和879.15万辆,同比增长分别22.02%和21.84%,其中乘用车总销量超过了629.75万辆,同比增长21.68%,比起2006年多出了157.6万辆;商用车总销量为249.40万辆,同比增长22.25%。这意味着,中国在2007年已经成为仅次于美国的全球第二大汽车消费市场。在2007年销售的472.7万辆轿车中,大约超过80%由私人购买,私人消费成为轿车市场的绝对主体。

2007年,排名前十位的轿车品牌依次为:桑塔纳(图1-16)、捷达(图1-17)、凯越(图1-18)、凯美瑞(图1-19)、夏利(图1-20)、QQ(图1-21)、福克斯(图1-22)、伊兰特(图1-23)、雅阁(图1-24)和福美来(图1-25);分别销售20.31万辆、20.11万辆、19.68万辆、17.03万辆、13.25万辆、13.02万辆、12.50万辆、12.03万辆、11.80万辆、11.37万辆。上述十个品牌共销售151.10万辆,占销售总辆的32%。

图 1-16　第一名　桑塔纳
（2007 年十大畅销车型）

图 1-17　第二名　捷达

图 1-18　第三名　凯越

图 1-19　第四名　凯美瑞

图 1-20　第五名　夏利

图 1-21　第六名　QQ

图 1-22　第七名　福克斯

图 1-23　第八名　伊兰特

2007 年汽车销售前 10 名的企业见表 1-2。

表 1-2 2007 年汽车销售前 10 名企业

排名	企业	销量/万辆
1	上汽	155.40
2	一汽	143.50
3	东风	113.73
4	长安	85.77
5	北汽	69.41
6	广汽	51.35
7	奇瑞	38.08
8	华晨	30.05
9	哈飞	24.31
10	吉利	21.95

中国汽车工业协会预测，2008 年汽车产销量有望达到 1 000 万辆，同比增长 12.58%。其中乘用车产销 730 万辆，同比增长 14.4%。

图 1-24 第九名 雅阁

图 1-25 第十名 福美来

技能训练

1. 结合自己生活中的所见所闻,对市场和汽车市场的含义进行讨论。

2. 参加一次参观汽车交易市场的活动,对汽车市场营销观念进行讨论。

3. 会利用网络和报刊书籍查找我国汽车市场开发情况。

4. 汽车营销观念的发展,大体经历了生产观念、产品观念、推销观念、市场营销观念和社会营销观念五个阶段。

项目小结

1. 市场营销学中的市场是指有愿意并能够通过交换来满足某种需要欲望的全部顾客。市场=人口+购买力+购买欲望。

2. 汽车市场是指将汽车作为商品进行交换,是汽车的买方、卖方和中间商组成的一个有机的整体。

3. 汽车市场营销就是汽车生产或销售企业为了满足消费者现实需求和潜在需要,实现企业目标,通过市场达成交易的综合性的汽车商务活动过程。

4. 2001年10月,奇瑞生产的轿车第一批出口中东,开创了自主品牌出口海外之先河。

5. 特许经营专卖店是目前汽车厂家积极推行的主要营销模式。

6. 2007年我国轿车销售数据显示,私人消费成为轿车市场的绝对主体。

7. 2005年,中国汽车出口向前迈进了一大步,出口首次超过进口。《纽约时报》于2006年4月26日刊登了《中国将成为世界主要汽车出口国》的报道。

练习与思考

一、判断题

1. 在汽车市场营销学中,市场是指商品交换的场所。　　　　　　　　　　　　(　　)

2. 汽车市场就是指买卖汽车的场所。　　　　　　　　　　　　　　　　　　(　　)

3. 奇瑞汽车主要以价格便宜、外形美观、维修方便等优点而畅销。　　　　　　(　　)

4. 推销观念被视为汽车市场营销的新观念。　　　　　　　　　　　　　　　　(　　)

二、填空题

1. 在市场营销学中,市场=人口+_____+_____。

2. 中国在2007年已经成为仅次于_____的全球第二大汽车消费市场。

3. 2001年10月,_____轿车第一批出口中东,开创了自主品牌出口海外之先河。

4. 汽车市场营销观念经历了生产观念、_____、推销观念、_____和社会市场营销观念五个阶段。

5. 经营、销售和服务都比较规范的_____,是目前汽车厂家积极推行的主要营销模式。

三、选择题

1. 亨利福特曾经说过:"不管顾客需要什么颜色的汽车,我们的汽车只有黑色的。"这反映的是汽车市场营销观念中的_____。

　　A. 产品观念　　　　B. 生产观念　　　　C. 市场营销观念　　　　D. 推销观念

2. _____年,第一批奇瑞轿车出口中东,开创了自主品牌出口海外之先河。

　　A. 1998　　　　　B. 2001　　　　　C. 2003　　　　　D. 2005

3. 把企业自己的眼前利益与长远利益结合起来,把自身利益、顾客利益和社会利益统一起来的汽车市场营销观念是_____。

　　A. 市场营销观念　　B. 生产观念　　　C. 社会营销观念　　　D. 推销观念

4. 福特汽车根据消费者需求的变化推出了不同型号、不同颜色的汽车,重新打开了销路,这种做法体现的是_____。

　　A. 产品观念　　　　B. 市场营销观念　　C. 社会营销观念　　　D. 推销观念

四、思考题

1. 你最喜欢的是哪款轿车?说说理由。

2. 你认为目前我国汽车市场营销观念的发展处于哪个阶段?为什么?

3. 简述汽车市场营销的模式。

4. 谈谈你对我国汽车国内市场和国际市场开发的看法。

项目二　汽车营销技巧

项目描述

　　作为一名汽车营销人员，要具备开发客户和现场接待客户的能力。通过本项目的学习和训练，掌握汽车营销技巧，与客户建立起良好的关系；掌握车辆展示的一些要点，为客户作六方位环绕介绍，解答客户的疑问，打消顾客的疑虑，促进汽车的销售；做好签约、交车和售后服务等工作，圆满完成营销任务。

活动1 考察汽车销售流程

活动在教室、多媒体教室或汽车销售公司进行。通过活动使学生现场了解汽车销售流程。

一、考察汽车销售流程

汽车销售流程指的不仅仅是把汽车卖给客户、双方付款交车的简单过程,而是包括客户开发、形象准备和销售准备、了解客户需求、车辆展示、试乘试驾、异议处理、与客户签约成交、跟踪服务等多项程序(图2-1)。

客户开发 ← 跟踪服务

↓　　　　　　↑

形象准备和销售准备　　签约成交

↓　　　　　　↑

了解客户并
提供需求咨询　　异议处理

↓　　　　　　↑

车辆的展示 → 试乘试驾

图 2-1 汽车销售流程图

二、汽车销售流程分析

1. 客户开发

(1) 展厅接待客户(图2-2)

适度的微笑——缓解紧张气氛,使客户放松心情,加快客户对你的信任。

图 2-2 展厅咨询处

目光接触——与客户交谈时(图2-3)，自然友好地看着对方的眼睛，遇到相同的观点或意见时积极表示赞同，客户容易产生信赖和亲近的感觉。在客户看车过程中，营销员要用眼睛的余光关注客户的一举一动，当观察到客户需要帮助时，要及时上前提供帮助。

图2-3　与客户交谈

　　握手寒暄——通过肢体语言让客户感觉到你的坦诚和自信，握手之后自然地寒暄几句，营造一个愉快的开场氛围。

　　交换名片——身体朝向对方，微微前倾，双手拿着名片，把有字的一面朝向客户，同时向对方介绍自己并请对方关照；双手接过客户名片时，要同时道谢，然后仔细看名片并读出对方的名字，让客户有受到尊重的感觉。

　　合适的座姿——等客户看车看得差不多了，营销人员应主动邀请客户入座，然后主动拿来饮料让客户饮用，之后要坐下来和客户洽谈，做进一步的沟通。

　　(2) 打电话(图2-4)

　　打电话时要注意以下方面：

　　① 要有足够的自信心，相信自己的能力。

　　② 打电话给客户时要知道自己想做什么，准备说什么。

　　③ 打电话或接电话时首先要调节自己的心态，不能太紧张。

　　④ 注意语音、语调、语气、热忱度、情绪状态、感染力。

　　⑤ 控制电话时间，简化对话内容、保证谈话效果。

图2-4　打电话

（3）择机发送名片

销售员去拜访客户时，如果客户不在，可将名片留下，客户知道你来过了；还可在名片上留言，向客户致意或预约拜访时间；向客户赠送小礼物，附上名片，加深与客户的关系。

销售员初次在展厅见到客户，首先要以亲切的态度打招呼："先生（小姐）您好。"一边递上名片一边报上公司名称并自我介绍："我是…，您先看着，如果有事，我就在您的附近，随叫随到。"

如果是事先约好拜访客户，在面谈过程中或临别时再拿出名片递给对方，加深印象，并表示保持联络的诚意。

（4）访问客户

销售员在访问客户前，要熟悉汽车产品的构造原理、制造过程、操作方式、保养修理、交易条件等知识，以便回答客户可能提出的一切问题，告诉客户一些有用的信息。如协助解决一些上牌、新车装潢或旧车处理等客户担心的问题。

（5）营销人员要做好来电（店）客户登记，认真填写登记表（表2–1），以便对客户进行访问和追踪。

表 2–1　来电（店）客户登记表

客户	电话	地址	拟购车辆	意向级别	来店来电日期	进店-离店时间 来电-结束时间	销售人员	接待情况备注	追踪后级别

填表人：＿＿＿＿＿＿　　　　　　　　　　　　　　　　　　销售经理（核检）：＿＿＿＿＿＿

2. 做好准备

（1）**形象准备**　营销人员良好的形象是内在涵养与外表得体的完美统一。顾客来到销售现场，第一个接触到的就是汽车营销人员。营销人员能否得到顾客的尊重、好感、认可和赞许，形象起着重要的作用。为了给顾客留下良好的第一印象，销售人员的形象就尤其重要。销售人员规范得体的着装和良好的仪表是销售取得成功的第一步。

图 2-5　男性销售人员形象

图 2-6　女性销售人员形象

男性销售人员的着装和仪表要求（图2-5）：

西装：深色，如有经济条件最好选择与各种客户档次相适应的多套服装备用；

衬衫：一色，如白色、浅色等，注重领口和袖子的清洁平整；

领带：与西装和衬衫搭配协调；

长裤：色彩和面料与上衣相衬，裤长盖住鞋面；

皮鞋：黑色或深色，注意和服装的搭配。鞋面擦亮，底边擦净；

袜子：黑色或深色，注意不要露出里裤；

身体：清洁无异味，可适当使用男用香水，但切忌太浓烈；

头发：梳理整齐，不要挡住额头和眼睛，不要有头屑；

眼睛：目光有神，无眼屎、黑眼圈等；

嘴：洗漱干净，无异味和残留物；

胡子：胡须刮净；

手：不留长指甲、无污物，手心干爽洁净。

女性销售人员的着装和仪表要求（图2-6）：

服装：西装套裙或套装；

鞋子：高跟鞋，颜色与服装搭配协调，保持鞋面光亮和鞋边干净；

袜子：高筒连裤丝袜，以肉色为佳，小心不要钩破；

首饰：不要太醒目或繁琐、珠光宝气；

化妆：一定要化妆，以淡妆为宜；

身体：清洁无异味，可适当使用女用香水，但切忌太浓烈；

头发：梳理干净整洁，不留怪发，不要有头屑；

眼睛：目光柔和亲切，眼部化妆得体，

无眼屎、黑眼圈等;

嘴:洗漱干净,最好涂有口红,无异味和残留物,保持口气清香;

手:美观,不留长指甲、无污物,手心干爽洁净。

(2) 销售准备 销售人员在接待客户前必须了解自己的产品,从而锁定产品的目标客户。例如,了解自己产品的档次、排量的大小、适合商用还是乘用;与客户可能感兴趣的竞争产品相比,它的特点和优势等。

销售人员必须精心准备好以下销售工具:

公司介绍;

汽车目录;

地图;

名片夹;

通讯录;

计算器;

笔记用具;

最新价格表;

空白的合同申请表;

拜访记录表等。

3. 了解客户并提供需求咨询

(1) 了解客户 了解客户的年龄、职业、学历、毕业学校、兴趣爱好等;

发现他们的困难,了解购买计划、购买时间;

对客户的预算进行摸底;

探查竞争对手和竞争产品的情况;

了解客户对产品的看法;

了解客户对本公司的看法;

掌握有购买决策权的人的信息等。

(2) 提供需求咨询 客户在展厅看车的过程中,销售人员要关注客户的行为,针对不同类型的客户提供不同的需求咨询(图2-7)。当客户有疑问时,销售人员

```
                   ┌─────────────┐     ┌──────────────┐
                   │ 情感关系导向型客户 │ ──→ │ 不关心汽车技术,需要 │
                   └─────────────┘     │ 结合触觉、听觉和视 │
                   │                   │ 觉进行讲解        │
                   │                   └──────────────┘
┌───┐              │
│主 │   ┌─────────────┐     ┌──────────────┐
│要 │   │ 性价比导向型客户  │ ──→ │ 想了解一些汽车技术 │
│顾 │──→│             │     │ 知识,寻求物超所值, │
│客 │   └─────────────┘     │ 需要结合成本进行讲 │
│类 │                       │ 解              │
│型 │                       └──────────────┘
└───┘   ┌─────────────┐     ┌──────────────┐
        │ 车辆性能导向型客户 │ ──→ │ 喜欢给人精通技术的 │
        └─────────────┘     │ 感觉,需要体现个人风 │
                            │ 格和身份,需要强调产 │
                            │ 品的技术优势进行讲 │
                            │ 解              │
                            └──────────────┘
```

图2-7 不同类型客户的需求咨询

要及时上前做出解答,并适时携带车型宣传资料上前对客户做一些引导性介绍。如询问客户对车型、配置、价格等各方面的需求等,并向客户对后续步骤作简单介绍。

4. 车辆展示

有调查表明,在展示过程中作出购买决策的客户占最终购买客户的70%以上,而客户作出不购买决定的也常常发生在车辆展示过程中。

规范化的车辆展示旨在营造出一个让客户感觉到具有专业水平的车辆展示的管理环境。如展示车辆的摆放角度,型号、颜色的搭配,车身的全面整洁、无手纹、无水痕,方向盘、座椅、后视镜的位置调整,轮胎的光亮整洁度,LOGO的状态(图2-8)等,都是体现产品差异化、提高竞争力,使客户加深印象增进好感的重要手段。

图2-8 LOGO的展示状态

5. 试乘试驾

提供符合客户实际需求的产品进行试乘试驾,让顾客体验发动机的性能、驾驶动力、操控性和舒适性。销售人员对产品的介绍和描述得到了客户的验证,客户感到激动兴奋,确信自己找到了心仪的车辆。

试乘试驾时,销售人员主要做好以下环节:

(1)为每一为客户提供试乘试驾的机会,强调"安全第一"的原则。根据客户需要,提供试驾车辆(图2-9),灵活调整试乘试驾重点。

(2)先让客户试乘,体验并熟悉车辆各方面的性能,然后由客户试驾。

图2-9 试驾车辆

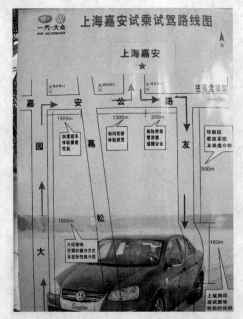

图 2-10　试驾线路示意图

（3）介绍试乘试驾线路（图 2-10），在不同路段测试动力性能、制动性能等。

（4）在试乘试驾时对中控台、安全气囊、座位的调整等方面进行使用指导，对娱乐系统等根据客户喜好进行功能演示等。

（5）总结试乘试驾体验，与客户提出的需求进行对比分析。让客户感受他的需求和预算得到了关心。

（6）说明试乘试驾后的流程，适时引导客户进行购买。

有关资料表明，有销售人员提供的试乘试驾的客户中，有 34% 的人感到欣喜；而未试乘试驾的客户中，只有 26% 的人感到欣喜。

6. 对客户异议的处理

客户的异议往往就是被客户用来作为拒绝购买理由的意见、问题、看法等。客户的异议既是销售的障碍，也是成交的前奏与信号。

常见的异议主要有：

对产品的异议——如"听说这个车很耗油……"；"我不喜欢这个颜色"；"这个车的发动机不是原装进口的"等。

对价格的异议——如"价钱贵了点"；"你们有价格 10 万元以内的汽车吗"等。

对订购时间的异议——如"我再考虑一下"；"我回家商量商量"；"国庆节促销时再说吧"等。

对销售员的异议——如"女销售员更细心一点"；"你有驾照吗"；"我找销售员李明"等。

如果销售人员已明了客户在价格和其他条件上的要求，然后提出销售议案，那么客户将会感到他是在和一位诚实和值得信赖的销售人员打交道，会全盘考虑到他的财务需求和关心的问题。客户的疑难问题解决了,买卖也就可能做成了。

7. 签约成交

当销售人员进行完商品的说明、介绍和回答了客户提出的疑问后,可以根据客户的个性、洽谈的气氛、确认客户所需的车型、数量、颜色、付款方式等信息后,提出成交的建议,签订购车协议,并说明注意事项。

8. 跟踪服务

不要以为把汽车卖出,销售就完成了。汽车销售人员往往在说服客户买车时,提出不少的优惠条件或是提供某些服务的承诺需要在售后去兑现。如按时寄送汽车杂志、赠送纪念品、免费保养等。

没有跟踪服务的销售,是没有信用的销售;没有跟踪服务的商品,也是没有保障的商品。

图 2-11 乔·吉拉德

乔·吉拉德 (Joe Girard)(图 2-11)有一句名言:"我相信真正的销售始于售后"。这种观念使得乔成为世界上最伟大的销售员,连续 12 年荣登世界吉斯尼纪录大全世界销售第一的宝座,他所保持的世界汽车销售纪录:连续 12 年平均每天销售 6 辆车,至今无人能破。

三、汽车销售流程案例

这是美国中部一家比较知名的车行。这个车行展厅内有六辆各种类型的越野车。展厅看起来格外明亮,店中的 7 个销售人员都各自在忙着自己的事情。

一对夫妻带着两个孩子走进了车行。凭着做了 10 年汽车销售的直觉,乔治认为这对夫妻是真实的买家,于是他实施了拟定的销售流程(图 2-12)。

第一步——接待客户。乔治热情地上

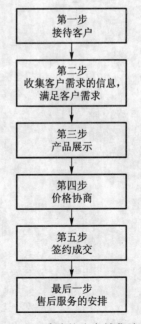

图 2-12 乔治的汽车销售流程

图 2-13 展厅内的儿童天地

前打招呼，用目光与包括两个孩子在内的所有的人交流，同时作了自我介绍并握手。之后，他是很自然地转向了他需要引导到的话题：他诚恳地问，"两位需要什么帮助？"——消除陌生感，拉近陌生人之间距离，还安排两个孩子在展厅内的儿童天地(图 2-13)游戏，以便客户更好地选购。

第二步——收集客户需求的信息，满足客户需求。这对夫妇说他们现在开的是福特金牛，考虑再买一辆越野车。乔治开始耐心、友好地询问：什么时候要用车？谁开这辆新车？主要用它来解决什么困难？

在交谈中，乔治发现了这对夫妻周末要去外省看望一个亲戚，他们非常希望能有一个宽敞的四轮驱动的汽车，可以安全以及更稳妥地到达目的地。他们的业余爱好是钓鱼。乔治展现出自己也对钓鱼感兴趣，获得了一个与客户有共同兴趣的话题。

乔治非常认真地倾听来自客户的所有信息，以确认自己能够完全理解客户对越野车的准确需求，之后他慎重地向他们推荐了比较符合他们期望的几款车。

第三步——产品展示。乔治首先推荐了"探险者"，并尝试着谈论配件选取的不同作用。他邀请了两个孩子到车的座位上去感觉一下，因为两个孩子好像没有什么事情干，开始调皮，这样一来，父母对乔治的安排表示赞赏。

乔治也展示了"远征者"，一个较大型的越野车。这对夫妻看了一眼展厅内的标有价格的招牌，叹了口气说，超过他们的预算了。这时，乔治开了一个玩笑："这样吧，我先把这个车留下来，等你们预算够了的时候再来。"客户哈哈大笑。

第四步——价格协商。乔治建议这对

夫妇到他的办公室来详细谈谈。在通往办公室的路上,他顺手从促销广告上摘了两个气球下来,给看起来无所事事的两个孩子玩,为自己与客户能够专心协商创造了更好的条件。

乔治给了一个比市场上通常的报价要低一点的价格。但是,客户的报价更低。乔治表示如果按照他们的开价,恐怕一些配置就没有了。几经协商,最终达成了一致。

第五步——签约成交。两天以后,客户终于打来电话,表示准备向乔治购买他们喜欢的车。车行里有现车,所以乔治邀请他们来车行。乔治非常有效率地做好了相关的文件,并准备好了经理签了字的合同。

最后一步——售后服务的安排。下午客户来了,乔治介绍了售后服务的专门人员,并确定了 90 天的日期回来更换发动机滤清器。这就确定该客户这个车以后的维护和保养都会回到车行,而不是去路边廉价的小维修店。

活动2 了解汽车营销人员的职业要求

 活动要求

　　活动在教室、汽车销售公司进行。通过活动使学生了解汽车营销人员的职责;现场观察汽车营销人员的形象要求;分析讨论汽车营销人员的素质和能力要求;比较自身情况与汽车营销人员的职业要求,明确努力方向。

 活动内容

一、汽车营销人员的职责

汽车营销人员的职责主要包括以下方面:

　　(1) 收集信息——收集供求关系、消费者需求变化和对产品的具体意见、同类产品的竞争状况等信息。

　　(2) 沟通关系——包括与主要潜在顾客、老顾客之间的人际关系、业务关系等。

　　(3) 销售商品——把汽车产品从生产者手中转移到消费者手中,满足消费者需要。

　　(4) 提供服务——包括为客户确认需求、提供咨询等售前服务、提供融资贷款、办理保险上牌等售中服务以及产品保修、零配件供应和各种承诺的兑现等售后服务。

　　(5) 建立形象——通过销售中的个人行为,使顾客对企业产生信任和好感,为企业赢得广泛的声誉,树立良好的形象。

二、汽车营销人员的素质

1. 业务素质

　　(1) 树立现代营销观念　汽车营销人员的营销观念决定了销售目的、销售态度,影响着营销过程中的方法和技巧的运用,也最终影响着企业和顾客的利益。树立以顾客为中心,满足消费者的需求的现代营销观念,是汽车营销活动的基本要求。

　　(2) 掌握丰富的专业知识　汽车营销人员应具备的专业知识包括企业知识、产品知识、市场知识和用户知识等。

　　企业知识——企业的生产规模和生产能力、订价政策和销售政策、交货与结算方式、企业文化等知识。

　　产品知识——产品的品质、性能、价格、使用说明、维修和保养等知识。如汽车产品零部件的名称(见附录)及功能、不同品牌汽车产品性能的比较等。

　　市场知识——市场供求状况、市场竞争状况、产品的销售渠道、营销环境的变化等知识。

用户知识——用户的消费习惯和爱好、消费心理,研究顾客会在何时购买、为什么购买、购买怎样的汽车产品、谁来作购买决策、怎样购买(图2-14)等知识。

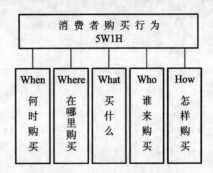

图2-14　消费者购买行为

(3) 具备扎实的销售基本功　营销人员要不怕困难,敢于尝试,主动挖掘市场,发现潜在顾客;努力把潜在顾客转化为现实顾客;抓住优质顾客,产生重复购买;善于用顾客去拓展顾客。

(4) 具有熟练的销售技巧　销售技巧贯穿于整个营销活动始终。营销人员要善于交谈,了解并正确处理顾客异议;为顾客创造购买的条件,把握成交时机;要站在顾客的立场上,热心为顾客服务,解除后顾之忧,充分体现顾客的利益,让顾客产生愉快的购买心理,使顾客满意而归。

2. 个人素质

良好的语言表达能力;

勤奋好学的精神;

广泛的兴趣;

端庄的仪表;

健康的身体;

良好的心理素质等。

三、汽车营销员(初级)的基本能力(图2-15)

观察能力——了解顾客的心理活动,判断顾客的需求,掌握顾客的行为特征,使用有效的营销技巧。

记忆能力——记住顾客的姓名、电话、兴趣爱好;汽车商品的性能、价格、特点、使用方法;对顾客的承诺、交易时间、交易条件;道路交通情况等。

思维能力——能独立思考,不受顾客干扰;思维敏捷,遇事能当机立断;考虑问题思路清晰,条理清楚。

图2-15　汽车营销员(初级)的基本能力

交往能力——敢于同顾客交往，主动交往；与各种类型的顾客打交道，会建立和密切与顾客的联系；知识面广，能寻找到顾客感兴趣的话题；掌握必要的礼仪和礼节等。

劝说能力——讲求良好的说话艺术，重视顾客的利益，能说动或说服顾客。

演示能力——借助宣传材料、目录或其他器具，向顾客展示可获得的预期利益，证明产品的性能、优点等。对于一些专业性强、不易表述清楚、顾客不易理解的方面特别适合用产品演示的方法。

核算能力——营销人员要学会对产品的价格、增值税、车船使用税、车辆购置税、保险费、上牌费用、利润等进行核算评估，探索规律，提高工作的有效性。

应变能力——在遭遇预料不到的情况、不利的形势或突发事件时，能作出正确的判断，补救甚至挽回不利因素和局面；灵活冷静、果断处理；对需求的变化、竞争的形势等采取应变措施。

四、营销人员职业要求实例分析

我们以奥迪 A6 2.4(图 2-16)为例来解释作为一个汽车销售人员应该了解的技术知识点。

变速箱型式：手动/自动一体式；

最大输出功率[kW/(r/min)]：121/6 000；

最大输出扭矩[N·m/(r/min)]：230/3 200；

风阻系数：0.321；

最高车速(km/h)：214；

0~100km/h 的加速时间(s)：11.1；

经济性，90km/h 的等速油耗为(L/100 km)：6.8；

整车尺寸，行李箱容积(L)：487；

整车质量(kg)：1 560；

油箱容积(L)：70；

图 2-16　奥迪 A6 2.4 外观图

长×宽×高(mm):4 886×1 810×1 475;

发动机型式(图 2-17):2.4 L/V6 缸/5 气门电控多点燃油喷射/双顶置凸轮轴/可变配气相位/可变长度进气歧管

轮胎:205/55 R,16V;

轮毂:7J×167 幅

安全系统:

ABS 电子防抱死系统;ASR 电子防滑系统;EVB 电子制动分配装置;EDS 电子差速锁;驾驶及副驾驶安全气囊;侧安全气囊;带爆炸式张紧装置的三点式安全带;前后座椅头枕;高位第三刹车灯;行驶稳定悬挂系统;防止乘客舱变形的车身积压区;四加强侧防撞梁车门等。

防盗系统:

遥控中央门锁及行李箱锁;发动机起动防盗锁止系统;防盗报警系统。

功能性装置(图 2-18):

驾驶信息系统;

前后及高度可调式转向柱;

加热式玻璃清洗喷嘴;

雨刮器间隔控制器;

电动加热外后视镜;

车门显示灯;

前后脚灯;

阅读灯;

化妆镜照明灯;

扬声器"音乐厅"音响;

手机准备系统;

前后座椅中间扶手;

急救用品箱;

前后杯架;

舒适型自动空调;

隔热玻璃;

外部温度显示器;

图 2-17　奥迪 A6 2.4 发动机

图 2-18　奥迪 A6 2.4 部分装置

图 2-19　奥迪 A6 2.4 驾驶座两组记忆模式

灰尘,花粉过滤器;

电动后风窗防晒帘;

APS 倒车报警装置;

带记忆前电动座椅(图 2-19)等。

营销人员是先介绍安全性能,还是先介绍动力性能? 是随机介绍,还是由客户发问? 营销人员可以有针对性地按客户的关注程度来进行讲述。如果客户比较关注安全性,那么就从行驶安全、财产安全等方面重点介绍 ABS 系统、安全气囊、防盗电子锁等。

活动3　对客户进行现场接待

活动要求

活动在教室或汽车销售公司进行。通过活动使学生了解汽车营销人员现场接待客户的过程;也可在课堂上进行模拟接待活动,会填写意向客户级别状况管理表和意向客户管理卡,体验现场接待细节要求并改进。

活动内容

一、迎接客户

销售人员在展厅门口轮流迎宾(图2-20),当客人到达展厅门口还有3~4步远时,销售人员必须主动上前迎接,询问客人有什么需要帮助。

客户期望"我想销售人员在我走进展厅时至少会给我一个招呼";"我不希望在参观展厅时销售人员老是在我身旁走来走去,如果有问题我会问销售人员"。

二、观察了解客户需求

如果是来买车的,要问客户关注哪一款车,需不需要介绍。如果客户表示要先看一下,就让客户自己先看,销售员不能跟得太近,向客户说一句话:"如果您需要,我就在您旁边,有问题叫我一声就可以了。"

客户在看车时,销售人员不能离开太远,要一直在附近关注客户。如果发现客户需要帮助,销售人员必须马上上前提供帮助,避免客户因无人理睬而心情不畅。

销售人员应注意客户在购车行为中的角色(图2-21),仔细倾听客户的需求,让他随意发表意见,而不要试图去说服他买某辆车。销售人员了解客户的需求和愿

图2-20　销售总监在展厅迎宾

角色	描　　述
发起者	首先提出买车的人
影响者	对最终购买有直接或间接影响的人
决策者	对购买决策有最终决定权的人
购买者	实际从事购买的人
使用者	实际使用车辆的人

图2-21　客户在购车行为中的角色

望,并用自己的话重复一遍,以使客户相信他所说的话已被销售人员所理解。这样,销售人员更容易确定所要推荐的车型,客户也会更愿意听取销售人员的推荐。

三、帮助客户解决疑难

客户期望"我希望销售人员是诚实可信的,并能听取我的需求和提供给我所需要的信息";"我希望销售人员能帮助我选择适合我的车,因为这是我的第一部新车"。

销售人员必须通过传达直接针对客户需求和购买动机的相关产品特性,帮助客户了解一辆车是如何符合其需求的。如了解客户在购买行为中的角色:新车的实际使用人、家庭成员信息、主要用途等,从而悉知客户需要一辆什么样的车,为客户选车做好参谋;给予客户切实的建议,如试乘试驾、按揭贷款的办理、车辆的价格及相关费用等(见表2-2、表2-3)。这时销售人员获得客户认可,所选择的车合他心意,这一步骤才算完成。

表 2-2　按揭贷款

车　　价		贷款年限	
首 付 款		首付比例	
贷款金额		贷款利率	
月 还 款			
备　　注			

销售顾问:　　　　　　　　　　日期:　　　　　　　　　　　　　　联系电话:

表 2-3　一汽-大众上海××汽车销售有限公司报价单

客户姓名		电　　话	
车　　型		颜　　色	
选装配置			
车　　价		保险小计	
购置税		1	车辆损失险:
上牌费		2	第三者责任险:
保险费		3	不计免赔险:
服务费		4	交强险:
		5	盗抢险:
		6	玻璃险:
		7	划痕险:
合　　计		8	车上人员险:

四、进行客户意向管理

对客户的购车意向进行整理、记录。包括客户姓名、电话号码、信息来源和联系记录;确定每天要联系的意向客户的名单和数量;不断地联系和管理客户,不断重新认定客户的购车级别,准确把握客户意向变化。

活动 4 车辆展示与介绍

活动在实训车间或汽车销售公司进行。通过活动使学生掌握汽车展示与介绍的要点;也可在实训车间进行某一款汽车的六方位环绕介绍,并不断改进。

一、车辆展示(图 2-22)

车辆展示是汽车营销活动的关键环节,车辆展示的目的是为了让消费者更详细了解产品,相信产品的性能及其所带来的利益能满足顾客的需求。

为了营造一个让客户感到满意的展示环境,要确定做好以下要点:

1. 车辆展示要点

为了方便客户的参观和操作,销售人员要把握以下几个方面:

注意展区内车辆颜色的搭配;

注意车辆型号的搭配,特别是同品牌的车,对不同大小的、有天窗和没有天窗的车进行搭配展示;

注意车的摆放角度,做到错落有致,而不是凌乱无序;

重点展示的车型要摆放在醒目的位置等。

2. 展示标准

协调一致地摆放车辆的行路架;

随时保持展车的全面清洁卫生(图2-23),在车身、门拉手、玻璃、前脸等部位无手纹、无水渍、无灰尘;

轮毂中间的车标牌对地面保持正向

图 2-22 展厅概貌

图 2-23 销售人员擦拭展示车辆

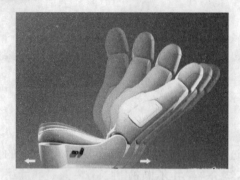

图 2-24　调整座椅位置

向上状态(图 2-8);

座椅调整到适当位置并保持一致(图 2-24);

方向盘摆正并调整到最高位置;

确认各功能设备和功能开关正常;

铺放印有车标的脚垫,并注意标志的方向;

后备箱整洁有序、无杂物,备有安全警示牌;

轮胎干净光亮,使用有专营汽车标志的垫板等。

二、车辆六方位环绕介绍

1. 六方位环绕介绍的起源

六方位环绕介绍是一个比较规范化的汽车产品展示流程。据说最早由奔驰汽车所应用,后来被日本丰田凌志采用并完善。这六个标准步骤大约需要 40 min 的时间来完成,平均每个步骤 7 min。销售人员可以视客户情况而定,有的步骤时间长一点,有的步骤时间短一点。

2. 六方位环绕介绍的作用

环绕产品对汽车的六个部位进行介绍,有助于销售人员更容易有条理地记住汽车介绍的具体内容,并且更容易向潜在客户介绍最主要的汽车特征和好处。在进行环绕介绍时,销售人员应确定客户的主要需求,并针对这些需要作讲解。

3. 六方位环绕介绍的重点内容

六方位环绕介绍主要围绕汽车产品的外形与美观、动力与操控、舒适性与实用性、安全性能、超值性表现等方面特征进行。下面以迈腾为例,由销售人员进行六方位环绕介绍。

图 2-25　六方位环绕介绍——1 号位

1 号位(图 2-25):车头 45°角

介绍重点：

车头造型设计；

车标或品牌；

前脸(图2-26)；

前大灯组合；

前保险杠；

后视境；

轮胎及轮毂；

超值所在等。

图2-26　前脸

销售人员可进行如下介绍："迈腾车身整体造型浑然一体,轻盈飘逸,时尚而不失稳重。具有最新的大众家族风格的前脸,车身前低后高,行使阻力小,运动感强……"

2号位(图2-27)：驾驶座

介绍重点：

遥控门锁系统；

车门开启角度；

人性化座椅；

可调式方向盘；

前座安全气囊；

方向盘音响控制系统；

高度可调式安全带；

前雨刮器；

自动恒温空调等。

图2-27　六方位环绕介绍——2号位

销售人员边走边说,可进行如下介绍："典型的大众风格驾驶仓,视野开阔,座位舒适,内饰环保豪华。"同时配合一些动作,展示变速器、空调、安全气囊标志、音响系统等。

销售人员手指智能雨刮器(图2-28),可进行如下介绍："迈腾的智能雨刮器,随着车速的变化、雨量的变化,刮水频率都会跟着变化,时刻保证视野清晰,保证行车安全。"

图2-28　介绍智能雨刮器

图 2-29　六方位环绕介绍——3 号位

3 号位(图 2-29)：后排座

介绍重点：

符合人体工程学的座椅；

头、肩、腿部空间；

三点式安全带；

儿童安全门锁等。

销售人员打开车门，先让客户目视后排乘客的腿部空间，也可让客户坐入后座，感受自由自在的坐姿。

4 号位(图 2-30)：车尾部

介绍重点：

后窗雨刮器和加热装置；

车尾设计；

高位刹车灯；

倒车雷达；

后保险杠；

行李箱；

备胎存放位置等。

图 2-30　六方位环绕介绍——4 号位

销售人员介绍了车尾设计、倒车雷达功能以后，可打开行李箱进行展示，可作如下介绍："为了做到最实用，迈腾的行李箱容积傲视同级车。它内部平整、形状规则，空间利用率高。"同时可向客户展示备胎存放位置、随车工具等。

5 号位(图 2-31)：侧车身

介绍重点：

车身线条；

前后保险杠；

四门车窗；

内含防撞横梁的车门；

轮毂、胎宽及型号；

制动系统；

悬挂系统等。

图 2-31　六方位环绕介绍——5 号位

销售人员手扶车门，可作如下介绍："迈腾采用了独特的车门技术，车门内、外板镶嵌连接。碰撞时，外板可以相对内板变形从而吸能，安全。车门密封条采用的是由德国进口设备安装的整体无缝的三层密封技术。所有与乘员身体相关的部件，如车顶及车门采用激光焊接，车身强度比传统的点焊提高40%。门边框采用950℃热成型板，抗拉强度比一般钢板高6倍。侧面撞击只会变形不会断裂，通常的碰撞测试车速为64 km/h。如果现实中碰撞时超过这个车速，高强度的车身更成为重要的安全保证……"

图2-32 介绍车底

销售人员也可以蹲下，手摸车底，介绍车底部位(图2-32)的吸振、防腐功能，以及行驶中路噪小等特点。

6号位(图2-33)：发动机室

介绍重点：

高效高性能发动机(图2-34)；

配套的变速箱；

电控多点燃油喷射系统；

前悬挂系统；

防盗系统等。

图2-33 六方位环绕介绍——6号位

销售人员打开发动机舱盖，边走边说。客户可以看到整个发动机舱的结构，内部布置整洁，各种管路平行布置，不交叉，安全性高。

销售人员手指发动机，可作如下介绍："大众发动机技术一流，动力性好，油耗低，百万公里无大修的世界记录就是大众创造的。1.8 T的发动机更有超值表现，兼顾了经济性与动力性，低速转矩大，加速好，非常适合中国城市使用……"

图2-34 发动机舱

技能训练

1. 会利用网络和专业的报刊、杂志、书籍等查找车辆的有关说明和资料。
2. 参加一次汽车销售公司的销售过程的观摩活动。
3. 选取某一款轿车为例，为客户作六方位环绕介绍。

项目小结

1. 汽车营销人员的销售流程从客户开发开始，到签约后交车时并未结束，必须要做好售后服务跟踪。
2. 用展厅接待客户、打电话、发名片等常用方法进行客户开发准备。
3. 对客户进行现场接待。
4. 对车辆进行六方位环绕介绍。

练习与思考

一、判断题

1. 汽车销售流程从寻找客户、了解客户需求开始，一直到与客户达成交易合同为止。（　　）
2. 客户进入展厅后，马上要派销售人员跟随其后，提供服务。（　　）
3. 销售人员要用双手递接名片。（　　）
4. 车辆展示的目的是为了让消费者更详细地了解产品，相信产品的性能及其带来的利益能满足顾客的需求。（　　）
5. 意向客户的信息一般不会发生变动。（　　）
6. 女性销售人员可以化淡妆，也可以不化妆。（　　）

二、填空题

1. 对客户进行现场接待要做好迎接客户、观察了解_____、帮助客户_____并进行_____管理。
2. 六方位环绕最早由_____汽车所应用，后来被日本丰田凌志采用并完善。这六个标准步骤大约需要_____min 的时间来完成，平均每个步骤_____min。
3. 汽车营销人员应具备企业知识、_____、_____和用户知识等专业知识。
4. 汽车六方位环绕介绍主要概括汽车产品的外形与美观、_____、_____和超值性五方面特征。

三、思考题

1. 如果你是一名新进的汽车营销人员,你如何进行客户开发?

2. 以奥迪 A6 2.4 为例,向客户介绍 ABS 的用处。

3. 以北京现代悦动 1.8 GLS 为例,向客户介绍倒车雷达的情况。

4. 男女销售人员的仪表和着装分别应符合哪些要求?

5. 对一汽–大众的速腾进行六方位环绕介绍。

6. 汽车销售人员应具备哪些能力?

3

项目三 汽车营销实务

项目描述

随着汽车进入越来越多的家庭，汽车销售更加规范、全面。这里介绍整车的销售过程中,交车的流程、车辆与相关文件的交接和确认,以及如何提供满意的售后服务。

活动1 交车准备

 活动要求

活动在多媒体教室或4S大厅进行模拟操作。通过活动使学生知道汽车销售中交车前的准备工作,了解在交车前应注意的问题。

活动内容

交车过程是客户感到兴奋的时刻,如果客户有愉快的交车体验,那么就为长期关系奠定了积极的基础。所以现在的汽车销售商都非常注重交车环节。而交车前的准备工作更要细致周到。

一、交车注意事项

(1) 预约确定交车时间。

图3-1 新车交车区

图3-2 交车文件的准备

(2) 确保车辆已进行过检查,可按预定时间交车。

(3) 事先准备好所有书面文件,使交车过程更顺利。

(4) 车辆到达时应进行检验,确保其按定单规定装备,车况良好。

(5) 在交车前一天与客户再次确认交车日期和时间。

(6) 确保交车时销售经理、服务经理在场,增加客户对售后服务的信任感。

(7) 店堂内必须保证交车区域(图3-1)的明亮、整洁、清新,要备好桌椅、饮料、点心,在慎重、轻松、愉悦的气氛下进行,提高交车的满意度。

二、交车准备

1. 交车前文件的准备(图3-2)

交车前要对相关文件进行仔细全面的检查,主要包括:发票、合同、使用说明手册、保修手册、产品合格证、完税证明、保险

凭证、销售人员和服务经理的名片等。

2. 交车时的服务

要做好顾客交车的特殊服务,如消费信贷、保险、代理上牌等一条龙服务。

(1) 消费信贷(图3-3)

① 客户到各经销点或服务处咨询,并将应提供的资料交付经销商。

② 经销商初审,并与客户签订购车合同。

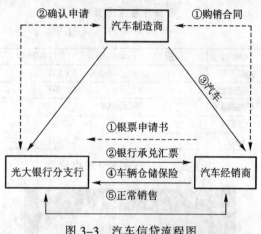

图3-3 汽车信贷流程图

③ 经销商向银行推荐。到银行网点(图3-4)提出贷款申请,必须的资料有:贷款申请书;有效身份证件;职业和收入证明以及家庭基本情况;购车合同或协议;担保所需的证明或文件;贷款人规定的其他条件。

借款人应当对所提供材料的真实性和合法性负完全责任。

④ 客户在银行开户并存入首付款。汽车按揭销售首付款项目包括车价30%、车辆购置附加税、保险费、上牌杂费。

⑤ 银行对客户审定并办理贷款有关手续。银行在贷款申请受理后15个工作日内通知借款人;对符合贷款条件的,银行将提出贷款额度、期限、利率等具体意见,及时通知借款人办理贷款扣保手续,鉴订《汽车消费借款合同》。

⑥ 银行将款划拨经销商账号。

⑦ 经销商与客户办理抵押登记手续及各类保险。

⑧ 对合同协议进行公证。

⑨ 办理车辆上牌手续,给客户交车。

⑩ 客户按期交款。

图3-4 银行网点

临时行驶车号牌申请表

号牌号码：沪

号牌种类	□ 辖区外		✓ 辖区内		□ 超限车辆
机动车所有人			联系电话		
住所地址			邮政编码		
车辆品牌型号		车辆识别代号			
行驶路线	经 上海 至 上海		有效期		5 天
经办人			经办日期		

图 3-5　临时行驶车号牌申请表

图 3-6　临时移动证

图 3-7　牌证窗口电脑选号

图 3-8　牌照安装

（2）代办临时移动证　经办人可至车管所填写临时行驶车号牌申请表（图3-5），申请获得临时移动证（图3-6）。

（3）上牌

①须持材料　购车者身份证件、车辆合格证、新车的保险单、缴纳新车购置附加费的凭证、新车的发票注册联、填写新车注册登记上牌申请表。

②车辆检测　将新车开到车管所指定的检测场去检测。检测合格后，工作人员在申请表上签字盖章。

③电脑选号和领取车牌　检测结束后，到牌证窗口电脑选号（图3-7）。一般电脑随机提供多个车牌号码，由车主任选一个。领取车辆牌照后，安装在车辆上（图3-8）。

④拍摄照片　在指定地点由工作人员拍摄带牌照的车辆照片。

⑤ 领证　在领证窗口领取机动车登记证书(图3-9)、机动车行驶证。要提醒客户机动车行驶证主页(图3-10)和副页须随车携带,以备交管部门查验。

⑥ 缴纳税费　到指定场所缴纳车船使用税和养路费。逾期缴纳,将征收滞纳金,甚至罚款。

(4) 上保险　我国汽车保险分为机动车交通事故责任强制保险（交强险）、基本险和附加险,其中附加险不能独立保险。基本险包括第三者责任险（三责险）和车辆损失险（车损险）；附加险包括全车盗抢险(盗抢险)、车上责任险、无过失责任险、车载货物掉落责任险、玻璃单独破碎险、车辆停驶损失险、车身划痕损失险、自燃损失险、新增设备损失险、不计免赔特约险。汽车事故率较高,容易给他人带来危害。因此购买新车必须承保第三者责任险。

图3-9　机动车登记证书

销售员要告知客户,出了交通事故后,除了向交通管理部门报案外,还要及时向保险公司报案。

办理汽车保险的手续(图3-11)：

① 投保人应携带的投保资料:《机动车行驶证》,未领取牌证的新车提交机动车销售统一发票及《车辆出厂合格证》；投保人身份证。

② 选择投保项目　机动车交通事故责任强制保险属于非投不可的险种。除此之外,投保项目越多,得到的保障就越全面,但所需保费也越多。车主可根据具体情况投保。

图3-10　机动车行驶证主页

图3-11　办理汽车保险的手续

图 3-12　新车检查

3. 交车前车辆的检查

必须在交车前进行新车检查(图 3-12),确认所有功能都正常,主要检查:

① 车辆清洁。包括清洗车身及车体内外,再检查车辆的内、外观。

② 车辆细节检查。查看有无漆面刮伤、剥落、凹痕、锈点;缝隙的大小和均匀度是否符合规定;线束是否扎紧和吊挂是否牢固;车窗、车厢、发动机舱盖和行李箱是否有不洁点;汽油箱内是否按规定加有规定数量的汽油。

③ 交车前要和客户确认是否要撕掉保护膜等。

④ 交车前装配好约定的选用备件。安装选用配件,必须按照作业标准进行。

⑤ 准备好车辆售前检查表 (PDI)(表3-1),该表至少要保留三年期限。

⑥ 预先将交车事项通知相关员工,做好交车前的各项准备工作。

表3－1 速腾轿车售前检查表(PDI)

车型代码	底盘号	发动机号	经销商代码	交车日期

1	发动机号、底盘号、车辆标牌是否清晰,是否与合格证号码相符。
2	发动机号、底盘号、车辆标牌是否符合交通管理部门规定。
3	核对随车文件(与上牌照相关文件)是否正确。
4	目视检查发动机舱(上部和下部)中的部件有无渗漏及损伤。
5	运输模块:关闭。
6	检查发动机机油油位,必要时添加机油,注意机油规格。
7	检查冷却液液位(液位应在MAX.标记和MIN.标记之间)。
8	检查制动液液位(液位应在MAX.标记和MIN.标记之间)。
9	检查蓄电池状态、电压、电极卡夹是否紧固。
10	检查前桥、主传动轴、转向系及万向节防尘套有无渗漏及损伤。
11	检查制动液储液罐及软管有无渗漏及损伤。
12	检查车底板有无损伤。
13	检查轮胎及轮辋状态,将轮胎充气压力(包括备用车胎)调到规定值。
14	检查车轮螺栓及自锁螺母拧紧力矩。
15	检查底盘各可见螺栓拧紧力矩。
16	检查车身漆面及装饰件是否完好。
17	检查风窗及车窗玻璃是否清洁完好。
18	检查内饰各部位及行李箱是否清洁完好。
19	检查座椅调整及后座椅折叠功能及安全带功能。
20	检查所有电器、开关、指示器、操纵件及车钥匙的功能。
21	检查雨刮器及清洗器功能,必要时加注清洗液。
22	检查车内照明、警报/指示灯、喇叭及前大灯调整功能。
23	检查电动车窗升降器定位情况、中央门锁及后视镜调整情况。
24	校准时钟,保养周期显示器清零。
25	检查收音机功能,将收音机密码贴于收音机说明书上。
26	检查空调功能,将自动空调的温度调至22℃。
27	检查副驾驶员安全气囊钥匙开关和"开/关功能"指示灯,将开关置于"开"位置。
28	查询各电控单元故障存储,清除故障记忆。
29	检查钥匙、随车文件、工具及三角警示标牌是否齐全。
30	装上车轮罩、点烟器及脚垫。
31	除去前轴减振器上的止动件;取下车内后视镜处的说明条。
32	试车:检查发动机、变速器、制动系、转向系、悬挂系等功能。
33	除去车内各种保护套、垫及膜。
34	除去车门边角塑料保护膜。
35	填写《保养手册》内的交车检查证明,加盖经销商PDI公章。

本车已按生产厂规定完成交车前检查,质量符合生产厂技术规范。

经销商签字:_____ 用户签字:_____

白色联:经销商留存 粉色联:用户留存

活动2 交车的流程

活动在多媒体教室或4S店进行模拟操作。通过活动使学生了解交车的过程。

活动内容

每个汽车销售公司的交车流程不尽相同，表3-2是上海某汽车销售公司的交车流

表3-2 上海××汽车销售公司交车流程

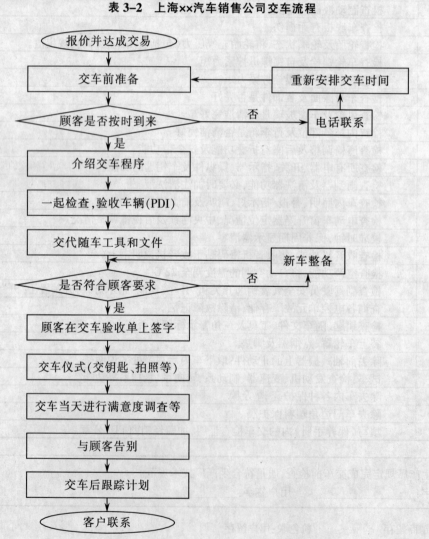

程。但各汽车销售公司的汽车的交车流程,主要包括以下几项内容:

(1) 客户一到,上前迎接,安排客户入座并提供适当的接待,然后向客户简短介绍交车程序(图3-13)。

图 3-13　客户接待

(2) 文件交接　进行费用结算及说明,陪同顾客领取用户手册、光盘、各类文件、发票等资料(图3-14)。

图 3-14　文件资料

(3) 车辆检验交接　陪同顾客提车并作交车检验,填写交车确认表,为客户验车(图3-15)。

(4) 新车功能介绍(图3-16)　在规定的交车区域里将车提交给客户,演示各项功能的操作:如座椅、方向盘的调节;方向盘锁住时,如何转动钥匙、起动发动机;后视镜的调整;电动窗的操作;儿童安全锁的使用;空调、音响的使用;灯光、仪表的介绍;各项特殊配备的功能介绍。

图 3-15　客户验车

(5) 服务的交接　对"使用说明书及保修手册"做详细说明,如保修时间和保修里程数;24 h救援服务电话;维修/保养时间、内容和范围;确定首次保养的日期并记录到《保有客户管理卡》里;介绍服务维修站,及其营业时间;当面介绍服务经理和服务代表,并说明有任何解决不了的

图 3-16　新车功能介绍

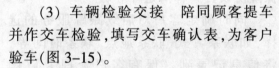

保有客户管理卡

客房编号：				客户类别：行业 □ 个人 □						H07	

客户资料	车牌号码		车主姓名		身份证号		经办人		销售人员	姓名 年 月 日—年 月 日	
	通讯地址		邮 编		家庭电话		地 址				
	个人爱好		提车日期		移动电话		电 话				
	单位名称		行 业		单位电话		决定者				
	单位地址		邮 编		E-mail		地 址		备注		
	家庭地址		邮 编		其 他		电 话				

介绍人姓名		电话			关系			

信息来源	1. 基盘 2. 来店(电) 3. 员工 4. 开发 5. 保有客户介绍 6. 展示会 7. 其他

车辆资料	车型代号	出厂日期	VIN No.(代码)	发动机(号码)	领牌日期			售价	订单编号	贷款		分期付款到期日		
					年	月	日			总金额	期限	年	月	日

保有车辆交车领牌后预定回访记录	年	月别		年	月别	
		预定			预定	
		实际			实际	
	年	月别		年	月别	
		预定			预定	
		实际			实际	

制表人：　　　　　　制表时间：　　年　　月　　日　　　　　　销售经理(核检)：

图 3-17　保有客户管理卡

图 3-18　交车仪式

问题都可找服务经理协助解决；对购车及保险协议要解释清楚等等。

同时确定客户对后续跟踪服务的选择，如联系方式、联系地点、联系时间等，将信息记录到《保有客户管理卡》(图3-17)里。

(6) 询问客户在购买过程中对"我"的表现是否满意，并谦虚的说："如有不到之处，请多多谅解"。

(7) 提车后与顾客摄影留念(图3-18)，并衷心感谢客户的惠顾。

(8) 陪送客户直至路口，并进行适当的交通指导。

通过上述流程，与客户的关系达到一个新的高度，真正与客户建立长期的合作关系。但要注意交车流程的所用时间，不要花超出客户意愿的时间。

活动 3　车辆与相关文件的交接和确认

活动在多媒体教室或 4S 店进行模拟操作。通过活动使学生熟悉车辆的交接,熟悉整车销售中的各种文件。

活动内容

在交车流程中,整车部分的检查确认、文件的交接,显得尤为重要。

一、文件的交接和确认

(1) 使用手册(图 3-19)、保修手册、产品合格证。

(2) 机动车注册登记证书、车船税纳税记录卡(图 3-20)、购置税完税证明(图 3-21)。

(3) 机动车定期检验合格证、环保标志、交强险标志、车船税税讫标志。

图 3-19　汽车使用手册

图 3-20　车船税纳税记录卡

图 3-21　购置税完税证明

(4) 车辆保险单(正本第三联、被保险人留存联)(图 3-22)、保险证。

中国保险监督管理委员会监制

中国大地财产保险股份有限公司

China Continent Property&Casualty Insurance Company Ltd.

机动车辆保险单(正本)

No.:0521050773

投保单确认码为:0999000006063742UD

保险单号:PDAA200631040020001242

鉴于投保人已向保险人提出投保申请,并同意按约定交付保险费,保险人依照承保险种及其对应条款和特别约定承担保险责任。

被保险人					
保险车辆信息	号牌号码	新车	厂牌型号	北京现代BH7160AW轿车	
	发动机号		VIN 码		
	车架号		车辆种类	客车	固定停放地点	有人看管的露天停车场所
	初次登记日期	2006年4月	新车购置价	123,500.00	使用性质	家庭自用
	核定载客 5 人	核定载质量 0.00 千克			车身颜色	

承保险种	保险金额/责任限额(元)	优惠保费(元)	保险费(元)
车辆损失险机动车辆损失保险条款	123,500.00	206.65	1,859.79
第三者责任险B	200,000.00		1,800.00
附加盗抢险G	123,500.00	78.56	812.14
不计免赔特约M		71.94	647.44

CCIC

保险费合计(人民币大写) 伍仟壹佰壹拾玖元叁角柒分 (¥5,119.37 元)

保险期间自 2006 年 4 月 1 日零时起至 2007 年 3 月 31 日二十四时止 总优惠金额 357.15

双方约定:投保人投保时:约定了中华人民共和国境内(不含港澳);发生盗抢损失时至少执行20%的绝对免赔率;

特别约定:本保险单载明的第三者责任限额中的40,000.00元为强制保险责任限额。
本公司按照《上海市机动车道路交通事故赔偿责任若干规定》承担强制保险责任。
1. 保险单生效后十天内如不交纳保险费保险单将自动注销;2. 请于10日内补牌照号;3. 全车盗抢险保险责任自本保险车辆领取正式号牌之日开始,至本保险合同所载保险期限的终止之日24时终止;4. 人员伤亡事故中医疗费用赔付标准按照当地社会基本医疗保险规定的标准确定;5. 无其他约定.

保险合同争议解决方式:诉讼

重要提示:
1. 本保险合同由保险条款、投保单、保险单、批单和特别约定组成。
2. 收到本保险单、承保险种对应的保险条款后,请立即核对,如有不符或疏漏,请在 48 小时内通知保险人并办理变更或补充手续;超过 48 小时未通知的,视为投保人无异议。
3. 请详细阅读承保险种对应的保险条款,特别是责任免除和投保人、被保险人义务、赔偿处理。
4. 保险车辆转卖、转让、赠送他人或变更用途,应书面通知保险人并办理变更手续。

约定驾驶人								
主驾驶	姓名		性别		年龄		驾驶证号码	
副驾驶	姓名		性别		年龄		驾驶证号码	
副驾驶	姓名		性别		年龄		驾驶证号码	

保险人		
公司名称:中国大地财产保险股份有限公司市场开发部	公司地址:上海市浦东南路……	公司地址:上海市闵行区莘庄工业园区莘北路707号 业务咨询:54428677
邮政编码:200120	联系电话:报案58887737	理赔咨询:54425206 报案电话:95590

业务专用章(2)

核保人:汤国欣 制单人:孙卫华 经办人:王铁峰

第三联 被保险人留存联

上海精益票据印务有限公司印制 2005.07.

图 3-22 车辆保险单

（5）机动车销售统一发票(第二联发票联,图 3-23)、购置税缴税收据、车船税纳税收据(图 3-24)、保险发票、上牌杂费(图 3-25)等其他发票和收据。

同时向客户详细解说各项费用及进行单据点交。费用要和商谈的内容相符合,如果有不符合的地方,要向客户说明原因。

（6）若客户自己上牌,应告之客户车辆上牌的程序。

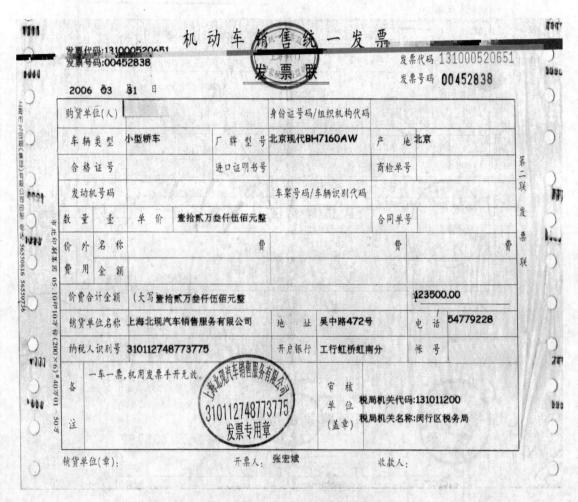

图 3-23　机动车销售统一发票

图3-24 购置税缴税收据、车船税纳税收据

图 3-25　上牌杂费收据

二、车辆的检验和确认

请客户共同检验车况,结合检验作下列项目的检查或使用操作指导:

(1) 车辆内部 (图 3-26)　座椅、地毯、仪表盘等是否干净整洁。

图 3-26　车辆内部检查

(2) 车辆外部 (图 3-27)　车辆外部是否干净整洁,灯、保险杠、门把手等有无损坏,漆面是否有刮痕等。

图 3-27　车辆外部检查

(3) 发动机舱 (图 3-28)　发动机冷却液、机油、动力转向机油、风窗清洁剂是否标准。

(4) 电器部分　车内灯、车外灯、仪表盘、门窗、雨刮器、空调、音响、中央锁控、座椅等功能是否正常。

(5) 其他介绍　油箱开关、后备箱开关、胎压等是否良好。

图 3-28　发动机室检查

（6）附件部分（图3-29）　原厂带的附件(如千斤顶、工具包、三角架等)、销售人员答应赠送的物品和客户要求的配置是否齐全。

陪同客户对上述项目检查后，请客户在PDI或类似表3-3的文件上签字确认。

图3-29　附件检查

表3-3　交车确认表

《国家税务局系统轿车政府采购协议供货项目协议书》之15.1.7《国家税务局系统轿车政府采购协议供货项目商品车交付检验表》

国家税务局系统轿车政府采购协议供货项目商品车交付检验表

东风日产＿＿＿＿＿＿专营店交车验收单 NISSAN

车主姓名：＿＿＿＿＿＿＿＿＿　　移动电话：＿＿＿＿＿＿＿＿＿

VIN号码：＿＿＿＿＿＿＿＿＿　　发动机号码：＿＿＿＿＿＿＿＿＿

钥匙号码：＿＿＿＿＿＿＿＿＿　　牌照号码：＿＿＿＿＿＿＿＿＿

车型：＿＿＿＿＿＿＿＿＿　　车色：＿＿＿＿＿＿＿＿＿

内饰颜色：＿＿＿＿＿＿＿＿＿　　交车日期：＿＿＿＿＿＿＿＿＿

地址：＿＿＿＿＿＿＿＿＿＿＿＿＿＿＿＿＿＿＿＿＿＿＿＿＿

电话：(H)＿＿＿＿＿＿＿＿＿　　(O)＿＿＿＿＿＿＿＿＿

一、首先谢谢您对东风日产乘用车公司的厚爱，并恭喜您拥有了这样一部好车并开始享受更加美好的生活。在您使用这部车之前，让我们来为您的爱车做点交与说明。谢谢您！

1. 交车前准备（含PDI）□
2. 证件点交
　　保险卡□　保修手册□　使用说明书□　合格证□　完税证明□　其他＿＿＿
3. 费用说明及单据点交
　　发票□　　保险单据□　上牌费□　车船使用税□　车辆购置税□　其他＿＿＿
4. "使用说明书及保修手册"内容说明
　　使用说明书□　　800免费专线电话□　服务保证内容□　　紧急情况处理□
　　定期保养项目表□　24小时救援服务□　1000、5000km免费保养内容说明□
5. 介绍服务站
　　营业地点□　营业时间□　介绍服务代表□　介绍服务部经理□
6. 车子内外检查
　　车内整洁□　外观整洁□　配备□　千斤顶□　工具包□
　　故障警示架□　备胎及轮胎气压□　其他＿＿＿＿＿＿
7. 操作说明
　　座椅、方向盘调整□　后视镜调整□　电动窗操作□　儿童安全锁□
　　油、水添加及汽油种类及号数□　空调、除雾□　灯光、仪表□
　　音响□　特有配备及E配备□
8. 温馨特别的服务
　　拍照留念□　FM设定□　其他＿＿＿＿＿＿

二、车价：＿＿＿＿＿＿＿＿＿＿＿＿＿＿＿

　　保险费：＿＿＿＿＿＿＿＿＿＿＿＿

　　税金(共)：＿＿＿＿＿＿＿＿＿＿＿

　　其他费用：＿＿＿＿＿＿＿＿＿＿＿

　　其它选配服务费用：＿＿＿＿＿＿＿

以上请车主确认无误后签名：＿＿＿＿＿＿＿

说明：本表一式两份，客户和专营店各存一份，专营店的保存期为两年。

销售部经理：　　　业务代表：　　　服务部经理：　　　PDI人员：

活动4　提供满意的售后服务

活动在多媒体教室或4S店进行模拟操作,通过活动使学生熟悉车辆的售后服务各项目。

在汽车交出去以后,汽车营销过程并未就此结束。销售人员还要不断地与客户联系,以关心、关切的态度去询问客户新车的使用情况以及必要的保养提醒等,让客户感觉没有后顾之忧。只有良好的售后跟踪服务,才能得到客户的信赖和满意,赢得更多的客户。

一、售后服务的主要内容

1. 了解并解决客户在新车使用过程中的疑问

在交车后,由参与交车服务的经理在2天内、销售人员在7天内,分别根据客户选择的联系方式,和客户进行联系,询问他对车是否满意,有无不明白、不会用的地方、是否需要帮助等,以便跟踪服务。

2. 重视客户的第一次维护保养

对于一位购买了新车的客户来说,第一次维修服务是他亲身体验经销商服务流程的第一次机会。跟踪步骤的要点是在客户购买新车与第一次维修服务之间继续促进双方的关系,以保证客户会返回经销商处进行第一次维护保养。

3. 向客户明确新车售后服务维修流程(图3-30)

特别是维修业务用户的接待、车辆的故障诊断、保修期、索赔申请、款项结算等客户关心的主要流程,让客户了解、让客户放心。

二、提供客户满意的售后服务的三种常用方式

1. 电话跟踪服务(图3-31)

经常打电话:"先生,您这个车开得怎么样,有哪些不清楚的请提出来",也许客户此时正碰到一个难题等着人给解答呢。同时提醒客户什么时候做检查、什么时候做保养等等。

2. 亲自访问

找一个合适的机会,如购车周年、工作顺道等去看望客户,了解车辆的使用情况,来增进与客户之间的感情,会比较容易的听到客户的真实想法。

售后服务维修流程图

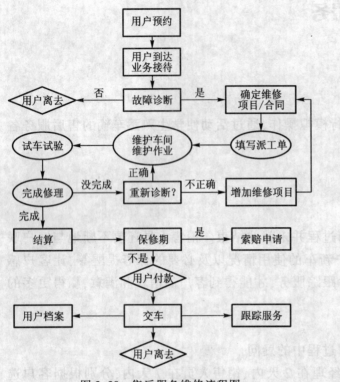

图 3-30 售后服务维修流程图

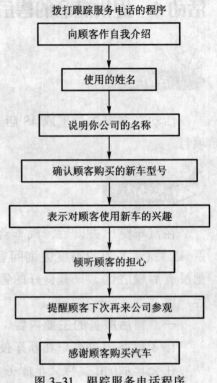

拨打跟踪服务电话的程序

图 3-31 跟踪服务电话程序

3. 写信

通过 E-mail、传真、手机短信等方法与客户联系,让客户明白销售人员在销售成交之后并没有把他忘记。

技能训练

1. 通过对交车全过程的模拟操作,使学生学会交车的技巧。

2. 每位学生虚拟购买一辆新车,学会办理整个交车过程,及上牌、保险、信贷等服务。

3. 通过模拟练习,熟悉销售过程中的各类表格和发票等资料。

项目小结

1. 交车流程的操作一定要规范标准。

2. 交车前要做好车辆的检查,若没有亲自检查车况,不要进行交车。

3. 车辆一定要按售前检查表(PDI)逐项进行检查。

4. 新车验车上牌之前,必须先给机动车注册登记。

5. 汽车上牌前,需将车开到车管所指定的检测场去"体检"。

6. 领取车辆牌照后,安装在车辆上,拍摄带牌照的车辆照片,用于机动车行驶证上。

7. 上牌后,领取机动车登记证书、机动车行驶证。

8. 我国汽车保险分为机动车交通事故责任强制保险(交强险)、基本险和附加险,其中附加险不能独立保险。

9. 交强险是强制性险种,属必保项目。

10. 出了交通事故除了向交通管理部门报案外,还要及时向保险公司报案。

11. 汽车按揭销售首付款项目包括车价30%、车辆购置附加税、保险费、上牌杂费。

12. 在文件交接时,要向客户说明各文件的功能,请客户妥善保管。

13. 在车辆交接时,检查要仔细到位,车辆操作介绍要规范明了。

14. 交车确认表要由客户、销售人员、销售经理、服务经理共同签署。

15. 提供良好的售后服务,及时与客户联系,提醒客户车辆的保养。

练习与思考

一、判断题

1. 新车在交车前,要进行逐项检查。　　　　　　　　　　　　　　　　　（　　　）

2. 新车的交车,可以在任何地方进行。　　　　　　　　　　　　　　　　（　　　）

3. 汽车在购买后,上牌前,不需临时移动证也可上路。　　　　　　　　　（　　　）

4. 用户购入新车,须缴纳相关税费,登记注册,领取证照,方能以合法身份正式上路行驶。　　　　　　　　　　　　　　　　　　　　　　　　　　　　　　　　　（　　　）

5. 汽车牌照的号码由电脑自动产生,车主没有选择权。　　　　　　　　　（　　　）

6. 车船使用税和养路费可以在规定日期以外缴纳,只要补交完全,无须缴纳罚金。
（　　）

7. 机动车行驶证由主页和副页组成,且必须随车携带,以便于公安交通管理部门的检查。
（　　）

二、选择题

1. 办理汽车上牌的先后顺序是_____。

　　A. 领证→电脑选号→拍摄车辆照片→车辆检测

　　B. 拍摄车辆照片→安装车辆牌照→领证→缴纳车船使用税和养路费

　　C. 电脑选号→安装车辆牌照→拍摄车辆照片→领证

　　D. 没有先后顺序

2. 机动车行驶证上没有的信息是_____。

　　A. 发动机号码　　　B. 车牌号码　　　C. 车辆照片　　　D. 车主身份证号码

3. 投保人应携带以下哪些资料投保?_____

　　A. 行驶证、驾驶证　　　　　　　　　B. 行驶证、购车发票

　　C. 身份证、机动车登记证书　　　　　D. 身份证

4. 一般情况下汽车保险合同的保险期限是_____。

　　A. 半年　　　　　　B. 一年　　　　　C. 两年　　　　　D. 三年

5. 以下险种不属于附加险的是_____。

　　A. 全车盗抢险　　　　　　　　　　　B. 不计免赔特约险

　　C. 第三者责任险　　　　　　　　　　D. 玻璃单独破碎险

6. 汽车销售过程中的售后服务包括_____。

　　A. 购车咨询　　　B. 维修车辆　　　C. 保险　　　D. 上牌

7. 汽车的售后服务包括_____。

　　A. 安装　　　　　B. 零配件更换　　　C. 贷款　　　　D. 保养

8. 售后服务的内容包括_____。

　　A. 账务结算　　　　　　　　　　　　B. 对汽车信誉的维护

　　C. 对汽车资料的提供　　　　　　　　D. 赠送纪念品,保持联络和感情联系

9. 销售完成后的服务及售后服务,它主要包括_____。

　　A. 产品的安装、调试、维修、保养　　B. 人员培训、技术咨询

　　C. 车辆装饰和零配件的供应　　　　　D. 各种办证或许诺的兑现等

三、思考题

1. 新车交车前要做哪些准备工作?

2. 新车上牌照时必须具备的材料有哪些?

3. 新车到车管所上牌时必须支付的主要费用是哪些?

4. 售后服务中与客户的联系方式有哪些?

4

项目四　汽车产品质量法规

项目描述

　　随着汽车大量进入家庭,汽车产品质量纠纷的不断增加。本项目介绍了汽车产品质量标准、"3C"认证、汽车召回制度等内容,使我们在汽车营销工作中能更好地满足消费者的需求,承担好企业的社会责任。

活动1 了解汽车产品质量标准

活动在教室或多媒体教室进行。通过活动使学生理解和掌握汽车产品的质量特性、了解当前我国汽车产品质量的主要问题。初步了解 ISO/TS16949 标准和按照 C-NCAP 的要求进行碰撞安全性能测试的情况。

一、产品质量标准

规定产品质量特性应达到的技术要求,称为产品质量标准。产品质量标准是产品生产、检验和评定质量的技术依据。

汽车产品的质量特性一般以汽车的动力性、燃油经济性、安全性、操纵稳定性、平顺性、车身以及空间评价来反映。

1. 汽车的动力性评价

汽车的动力性是指汽车在良好路面上直线行驶时由汽车受到的纵向外力决定的、所能达到的平均行驶速度。汽车的动力性主要由汽车的最高车速、汽车的加速时间和汽车的爬坡能力来反映。

汽车的最高车速是指在水平良好的路面上汽车能达到的最高行驶车速。按我国的规定,以 1.6 km 长的试验路段的最后 500 m 作为最高车速的测试区,共往返四次,取平均值。

汽车的加速时间有原地起步加速时间和超车加速时间两个指标(图 4-1)。

原地起步加速时间——一般常用 0 到 400 m 的秒数来表明汽车原地起步加速能力,也有用 0 到 100 km/h 所需时间来表明加速能力。

超车加速时间采用较多的是用最高挡或次高挡由 30 km/h 或 40 km/h 全力加速行驶至某一车速所需的时间。

例如,第八代雅阁 2.4 自动版百公里加速实测成绩:加速所需时间为 10.24 s、

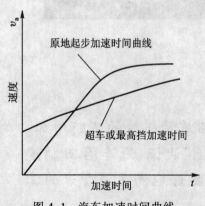

图 4-1 汽车加速时间曲线

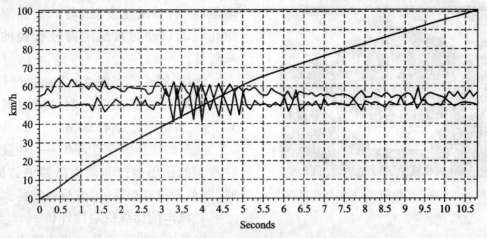

图 4-2 雅阁 2.4 自动版百公里加速速度、时间曲线图

加速距离为 165.20 m（图 4-2）。

　　汽车的爬坡能力是指汽车满载时在良好路面上用 I 挡时的最大爬坡度（图 4-3）。对于经常在城市和良好公路上行驶的汽车，最大爬坡度在 10°左右即可。对于载货汽车，有时需要在坏路上行驶，最大爬坡度应在 30%即 16.5°左右。而越野汽车要在无路地带行驶，最大爬坡度应达 30°以上。

　　2. 汽车的燃油经济性评价

　　汽车的燃油经济性是指汽车以尽量少的燃油消耗量经济行驶的能力。常用一定运行工况下汽车行驶百公里的燃油消耗量或一定燃油量能使汽车行驶的里程数来衡量。如，L/100 km，即行驶 100 km 所消耗的燃油升数。数值越大，表明汽车燃油经济性越差。

　　3. 汽车的安全性评价

　　汽车的安全性评价主要有汽车的制动安全性评价和汽车的碰撞安全性评价。

　　汽车的制动安全性——主要从制动效能、制动效能的恒定性和制动时汽车方向的稳定性三个方面来评价。主要测量制

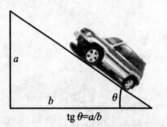

图 4-3 汽车的爬坡能力示意图

图 4-4　第八代雅阁 2.4 L 车型外观

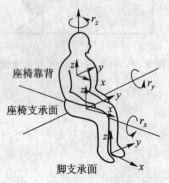

图 4-5　人体坐姿受振模型图

动距离、制动减速度、制动的抗热衰退性能和汽车制动时按给定路径行驶的能力来衡量。

例如,第八代雅阁 2.4 自动版(图 4-4)百公里制动实测成绩:制动所需时间为 3.15 s、制动距离为 41.04 m。

汽车的碰撞安全性评价——主要是通过汽车的正面碰撞和侧面碰撞的数据,参照《汽车碰撞试验指标》进行对比得到。

4. 汽车的操纵稳定性评价

汽车的操纵稳定性评价主要通过对汽车的转向半径、转向灵敏度、转向回正能力、直线行驶性和抗侧翻能力来获得。

操纵稳定性不好的汽车在驾驶时通常可以用"飘"、"贼"、"晃"、"反映迟钝"、"丧失路感"五种感觉来概括。

5. 汽车的平顺性评价

汽车高速行驶时,乘坐人员会从多角度感觉到汽车的振动(图 4-5)。汽车的平顺性评价主要是根据人体敏感的频率范围和舒适性的要求,对汽车的振动频率、振幅、位移、振动加速度等振动参数测试统计得到。它主要是根据乘员的舒适程度来评价,又称为乘坐舒适性。

6. 车身以及空间评价

为使车身总布置设计符合人体尺寸(图 4-6)和生理特征,使驾驶员和乘坐者感到安全、舒适、方便,汽车车身和空间的设计是根据人体的测量尺寸和生理结构,确定驾驶员最舒适姿势、坐椅的形状、仪表板的布置、方向盘的形式,以及它们之间的相互位置关系。

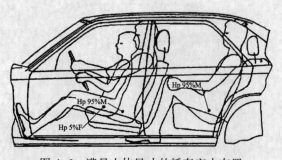

图 4-6　满足人体尺寸的轿车室内布置

由中国汽车工程学会和新华信共同组织的"2007年度最满意汽车(ACE)"调查结果显示,总共有九款车分获各车型级别"最满意汽车"——最满意产品质量性能奖。它们分别是微型车组的Spark(图4-7)、小型车组的飞度(图4-8)、紧凑型车组的卡罗拉、中型车组的凯美瑞、中大型车组的宝马5系、MPV组的途安、SUV组的途胜、轻型客车组的全顺和微型客车组的通用五菱。

图4-7　07款Spark

图4-8　07款飞度

二、汽车产品质量的主要问题

中国质量协会用户委员会2007年通过互联网及电话(传真)方式接受投诉,全年共收到用户投诉5 385例,其中有效投诉4 878例。汽车产品质量和汽车服务质量投诉的具体比例分别为63.4%和36.6%(图4-9)。分析2007年全年的投诉构成发现,产品质量投诉涉及发动机、变速箱、轮胎、油耗(包括机油消耗)、车灯等。引发用户投诉的原因主要是对安全隐患的担忧和认为产品存在生产缺陷。

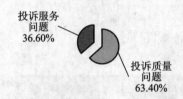

图4-9　汽车用户投诉问题构成

统计显示,在汽车产品质量投诉中,关于发动机问题的投诉占23.9%,变速器投诉占23.9%,制动系统占9.9%,离合器、转向系统、前后桥及悬架系统、轮胎以及车身附件与电气占42.3%(图4-10)。即涉及汽车核心部件——传动和制动部分的投诉占全部投诉近6成(57.7%),表明一些汽车企业的汽车产品关键零部件水平及整车匹配能力亟待提高。

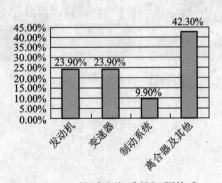

图4-10　投诉汽车质量问题构成

三、汽车产品质量认证制度

随着市场经济全球化的形成，国内和国际贸易的快速发展，质量认证已经成为各行各业及其团体组织管理水平、生产一致性控制能力、产品符合规范的主要证实，乃到成为其形象和信誉、产品和服务的重要表征。汽车行业作为综合性产业，由于汽车产品开发、生产、消耗，以及涉及国家和社会的各方面利益，因此，质量认证对汽车行业的持续发展起到非常重要的保证和推进作用。

1. 汽车企业质量认证

ISO/TS16949 是由国际汽车特别工作组（ITAF）成员与国际标准化组织 TC176 委员会批准出版，参照美国的 QS9000、意大利的 AVSQ 认证标准、法国的 EAQF 认证标准、德国的 VDA6.1 认证标准，经由美国和欧洲汽车行业的供应商们达成一致而确立的，专门面向汽车产业特别制定的统一标准。汽车企业可以按照此规范接受 ISO9000 族标准的评审并获得认证。

奇瑞汽车有限公司（图 4-11）成立于 1997 年，早在 2001 年 2 月就通过了中国汽车产品认证委员会质量体系认证中心颁发的 ISO9001:1994 质量体系认证证书。2002 年 8 月又通过了德国莱茵公司的现场审核，从而成为国内首家通过 ISO/TS16949 标准认证的整车制造企业。

2. 强制性产品认证制度

强制性产品认证制度，是各国政府为了保护广大消费者人身和动植物生命安全，保护环境、保护国家安全，依照法律法规实施的一种产品合格评定制度。它要求产品必须符合国家标准和技术法规。

图 4-11　奇瑞汽车有限公司

我国实施产品质量认证的汽车零部件有：汽车用安全玻璃、轮胎制动软管总成、安全带总成（图4-12）、汽车电喇叭总成、汽车后视镜总成、汽车座椅及其头枕、汽车起动机总成、汽车车轮、汽车转向器总成、汽车液压制动主缸、汽车半轴、汽车空调系统总成、发动机等零部件。

凡是列入强制性产品认证目录内的产品，没有获得指定认证机构的认证证书、没有按规定加贴认证标志，一律不得进口、不得出厂销售和在经营服务场所使用。

目前我国的汽车强制性标准主要通过国家经贸委的产品公告管理强制实施，对汽车产品实施"3C"认证。

图4-12　汽车安全带

四、汽车碰撞安全性检验制度

1. 我国汽车碰撞安全性检验制度

1998年6月18日，富康轿车在清华大学汽车工程研究所进行的整车安全性碰撞试验取得成功，被誉为中国轿车第一撞。

2004年6月1日，我国《乘用车正面碰撞的乘员保护》标准正式实施。新车上市前必须进行正面碰撞测试（图4-13），并要满足国家标准。2006年7月1日起，《汽车侧面碰撞的乘员保护》和《乘用车后碰撞燃油系统安全要求》两项强制性国家标准正式实施，乘用车安全标准逐步与国际接轨。到2009年1月18日后，未达标的在售车型必须退市；未达标汽车不能批准投产和上市销售。

2. NCAP与C-NCAP

NCAP是最早在美国开展并已经在欧洲、日本等发达国家运行多年的新车评价规程，一般由政府或具有权威性的组织机构，按照比国家法规更严格的方法对在市

图4-13　宝马1系轿车正面碰撞测试图

欧洲 NCAP碰撞测试	测试项目	宝马3系	宝马1系
碰撞测试星级	乘员保护	★★★★★	★★★★★
	儿童保护	★★★★☆	★★★☆☆
碰撞测试评分	正面碰撞 满分 16	16	14
	侧面碰撞 满分 18	15	16
	儿童保护 满分 49	39	35
	行人保护 满分 36	4	2

图 4-14　宝马 1 系和宝马 3 系安
全碰撞测试的最终成绩对比

场上销售的车型进行碰撞安全性能测试、评分和划分星级,向社会公开评价结果。如宝马 1 系和宝马 3 系安全碰撞测试的最终成绩对比(图 4-14)。

C-NCAP 是我国汽车安全评价的权威标志,由中国汽车技术研究中心经政府授权组织制订。C 代表中国,New Car Assessment Programme 就是新车评价规程。它主要选择在最近两个年度内新上市的、销量比较大的产品,按照比我国现有强制性标准更严格和更全面的要求进行碰撞安全性能测试,评价结果按星级划分并公开发布。

2006 年 8 月 29 日,在中国汽车技术研究中心的碰撞试验室,随着一辆东风汽车有限公司生产的骐达牌(TIIDA)DFL7161AB 型轿车以 50 km/h 撞向刚性壁障,标志着 C-NCAP 开始了新车安全评价的第一撞(图 4-15)。

图 4-15　骐达 C-NCAP 碰撞试验

活动2 "3C"认证

活动在教室、多媒体教室、汽车生产企业或汽车销售公司进行。通过活动使学生现场识记"3C"标志，了解汽车产品的强制认证项目，认识"3C"的意义。

一、"3C"标志的含义

我们通常会在汽车的前挡风玻璃右上角看到有这么一串英文字母"CCC"（图4-16）。这是"中国强制认证"的英文字母的缩写。"3C"认证，英文名称为"China Compulsory Certificate"，英文缩写为"CCC"，简称"3C"。它是国家强制性产品认证，是我国为保护消费者人身和动植物安全、保护环境、保护国家安全，依照法律法规实施的一种重要的产品市场准入制度，也是我国确实履行的一项加入世贸组织的承诺。

图4-16　"3C"认证标志

2001年12月，国家质检总局发布了《强制性产品认证管理规定》，以强制性产品认证制度替代原来的进口商品安全质量许可制度和电工产品安全认证制度。这是一种法定的强制性安全认证制度，也是国际上广泛采用的保护消费者权益、维护消费者人身财产安全的基本做法。

二、"3C"认证的产品

我国从2003年8月1日起，对电线、电缆、电路开关、机动车辆等19大类132种产品实行了强制性产品认证制度，即

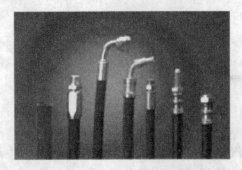

图4-17 汽车制动软管

图4-18 汽车座椅总成

图4-19 2008年7月31日"中国汽车安全论坛暨汽车产品"3C"认证专题研讨会"

"3C"认证。没有"3C"认证的产品禁止在市场上销售。有这种标志的产品才是合格产品。列入《实施强制性产品认证的产品目录》中的产品包括家用电器、汽车、安全玻璃、医疗器械、电线电缆、玩具等产品。

车辆零部件产品"3C"强制性认证目录,主要包括车用发动机、汽车底盘、汽车安全带、汽车轮胎、汽车制动软管(图4-17)、汽车油箱料、座椅(图4-18)及头枕等产品。

三、"3C"认证的意义

伴随着我国汽车工业的发展,国内广大消费者在选车购车时,汽车的安全系数已经成为一个重要的决定因素,汽车整车及零部件产品的安全性能与认证越来越受到广大厂商和行业的关注(图4-19),其中汽车安全产品需要"3C"认证的产品发展态势尤为迅猛。

"3C"标志并不是质量标志,而只是一种最基础的安全认证,它的某些指标代表了产品的安全质量合格。"3C"认证不仅要求产品性能达到国家安全标准,还对产品零部件的质量以及工厂的质量保证能力提出了严格要求。通过"3C"认证,不仅使企业进一步提高产品的质量,还使企业在质量体系、产品零部件管理等方面不断地改进。每个企业必须保证生产出来的汽车整车、零部件等达到国家有关标准,质量合格,从而保证人身安全。

四、强制性产品认证目录

(1)汽车外部照明及光信号装置产品,包括:前照灯、转向灯、汽车前位灯、后位灯、制动灯、视廓灯、前雾灯、后雾灯、倒车灯、驻车灯、侧标志灯和后牌照板照明装置。

(2) 机动车回复反射器。

(3) 汽车行驶记录仪。

(4) 车身反光标识。

(5) 汽车制动软管。

(6) 汽车后视镜。

(7) 机动车喇叭。

(8) 汽车燃料箱。

(9) 门锁及门铰链。

(10) 内饰材料(地毯、顶棚、门内护板)。

(11) 座椅及头枕。

(12) 安全带。

(13) 轮胎。

(14) 安全玻璃。

(15) 车用发动机(汽油、柴油)。

(16) 汽车底盘。

活动3 汽车召回

活动在教室、多媒体教室、4S店或汽车修理厂进行。通过活动使学生现场考察汽车产品的质量问题或上网查询一些汽车召回的典型案例;了解汽车召回的起源、我国的汽车召回制度和被召回汽车的处理情况。

活动内容

一、处理汽车产品质量的法律依据

目前,我国在处理汽车使用过程中出现的质量问题时,大多是依据《产品质量法》和《消费者权益保护法》。但依据这些条文往往是一种很模糊的处理方式,最终结果是消费者和汽车生产厂家都不满意、互相扯皮。近几年出现的"牛拉宝马"、"砸奔驰"等事件(图4-20),都是汽车质量纠纷的极端个案。

图4-20 武汉砸奔驰事件

二、汽车产品召回制度

1. 汽车召回制度的含义

汽车召回制度(RECALL),就是指厂家投放市场的汽车,发现由于设计或制造方面的原因,存在缺陷,不符合有关的法规或标准,有可能导致安全及环保问题,必须及时向国家有关部门报告该产品存在的问题、原因、改善措施等,提出召回申请,经批准后对在用车辆进行改造,以消除事故隐患。厂家还有义务让用户及时了解有关情况。

2. 汽车召回制度的起源

目前实行汽车召回制度的有美国、日本、加拿大、英国、澳大利亚等。汽车召回制度始于20世纪60年代的美国。美国律师拉尔夫发起运动,呼吁国会建立汽车安全法规,努力的结果就是《国家交通及机动车安全法》。该法律规定,汽车制造商有义务公开发表汽车召回的信息,必须将情况通报给用户和交通管理部门,进行免费修理。美国自1966年开始实施汽车召回制度。

1969年5月,美国媒体抨击欧洲和日本车商私自召回缺陷车进行修理,特别指出蓝鸟漏油和丰田可乐娜刹车故障问题。6月1日,日本《朝日新闻》报道这个消息后,在日本引起轩然大波。同年8月,日本运输省修改了《机动车形式制定规则》,增加了"汽车制造商应承担在召回有缺陷车时公之于众的义务"的内容。

3. 汽车的主动召回和指令召回

汽车制造商自行发现,或者通过企业内部信息系统、通过销售商、修理商和车主等各相关各方关于其汽车产品缺陷的报告和投诉,或者通过主管部门的有关通知等方式获知缺陷存在,将召回计划在主管部门备案后,主动召回缺陷汽车产品(图4-21)。

图4-21　2006年被召回的
三厢福特福克斯

制造商在获知缺陷存在而未采取主动召回行动的,或者确认制造商有隐瞒产品缺陷、以不当方式处理产品缺陷的;或者确认制造商未将召回计划向主管部门备案即进行召回的,主管部门应当要求制造商按照指令召回缺陷汽车产品。

美国至今已总计召回了2亿多辆整车,2 400多万条轮胎(图4-22)。涉及轿车、卡车、大客车、摩托车等多种车型。全球几乎所有汽车制造厂在美国都曾经历过召回案例。在这些召回案例中,大多数是由厂家主动召回的,也有一些是通过法院强制厂家召回的。

图4-22　2001年被召回的凡士通轮胎

图 4-23　《缺陷汽车产品召回管理规定》

三、我国的汽车产品召回制度

为了加强对缺陷汽车产品召回事项的管理，消除缺陷汽车产品对使用者及公众人身、财产安全造成的不合理危险，维护公共安全、公众利益和社会经济秩序，根据《中华人民共和国产品质量法》等法律规定，由国家质量监督检验检疫总局、国家发展和改革委员会、商务部、海关总署联合制定《缺陷汽车产品召回管理规定》(图 4-23)。该规定于 2004 年 3 月 15 日正式发布，并于 2004 年 10 月 1 日起开始实施。

这是我国以缺陷汽车产品为试点首次实施召回制度。在中华人民共和国境内生产、进口、销售、租赁、修理汽车产品的制造商、进口商、销售商、租赁商，都应当遵守《缺陷汽车产品召回管理规定》。

四、我国汽车产品召回案例

1. 马自达 6 召回事件

日本马自达汽车公司决定自 2004 年 6 月 18 日开始进行马自达 6 轿车召回维修，首开国产汽车召回先河。涉及召回的车辆是在 2002 年 12 月 26 日至 2004 年 3 月 25 日期间生产的马自达 6 轿车。

此次召回汽车的主要问题是：燃油箱隔热装置与排气管之间的间隙不够大，在车辆行驶时燃油温度及油箱附近温度升高，有可能导致燃油箱内压升高。燃油箱隔热装置和排气管会相互影响，使燃油箱的表面温度高出允许的温度，最终有可能导致燃油箱局部变形，甚至出现局部熔解。

一汽轿车(马自达)销售服务店主动与所有召回范围内的客户取得联系，安排召回免费维修事宜，在召回的汽车上加装隔热件(图 4-24)：在燃油箱上增加隔热垫；更换改进的护套；在隔热装置上增加短玻

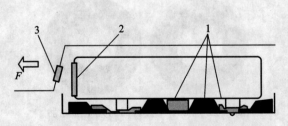

图 4-24　马自达 6 轿车故障部件及修复说明图
1—隔热垫；2—护套；3—短玻璃纤维

璃纤维。同时公司对由此给部分马自达 6 轿车客户带来的不便，表示歉意。

2. 广州本田汽车召回事件

2007 年 3 月 16 日，广州本田对外宣布召回雅阁、奥德赛和飞度轿车约 49.9 万余辆。

此次召回的车辆包括 2003 年 1 月 7 日到 2006 年 12 月 21 日期间生产的上述车型。这次召回涉及量最大的雅阁轿车，发生的问题是由于助力转向油管(图 4-25)在炎热气候的条件下受发动机舱温度和管内油温的共同影响，油管材料物理性能下降，可能会加速助力转向油管老化，导致助力转向油管出现渗漏。情况严重时，可能出现转向操纵力增加，方向盘转动沉重。涉及对象车辆 41 万多台，但实际收到因此缺陷发生问题的客户反馈信息只有 4 起，且没有因此发生事故。

尽管只是"可能"，广州本田认为对顾客负责是第一位的，并对召回范围内的车辆更换散热性能更好的助力转向油管。

图 4-25　本田雅阁助力转向油管

技能训练

1. 了解我国当前汽车产品质量的主要问题。
2. 理解汽车产品的质量特性的一些指标。
3. 理解"3C"认证的含义和意义。
4. 识记"3C"认证标志,了解必须进行"3C"认证的汽车产品项目。
5. 知道我国实行汽车产品召回制度的目的和法律依据。
6. 理解 NCAP 与 C–NCAP 新车评价规程的实际应用。

项目小结

1. 汽车产品的质量特性主要以汽车的动力性、燃油经济性、安全性、操纵稳定性、平顺性、车身以及空间评价六个方面来反映。

2. 我国当前汽车产品质量的问题主要涉及发动机、变速箱、轮胎、油耗、车灯等产品质量。

3. "3C"认证标志是国家强制性产品认证标志。我国法律规定车用发动机、汽车底盘、汽车安全带、汽车轮胎、汽车制动软管、汽车油箱料等部件必须经过"3C"认证。但"3C"标志不是质量标志。

4. 汽车召回制度就是指厂家投放市场的汽车,发现由于设计或制造方面的原因,存在缺陷,不符合有关的法规或标准,有可能导致安全及环保问题,必须及时向国家有关部门报告该产品存在的问题、原因、改善措施等,提出召回申请,经批准后对在用车辆进行改造,以消除事故隐患。

5. 汽车召回分为主动召回和指令召回。

6. NCAP 与 C–NCAP 是国际和国内汽车安全评价的权威标志。

练习与思考

一、判断题

1. 在中华人民共和国境内生产和销售汽车产品的制造商和销售商应当遵守《缺陷汽车产品召回管理规定》。　　　　　　　　　　　　　　　　　　（　　）

2. "3C"认证是一种自愿认证。　　　　　　　　　　　　　　　　（　　）

3. 汽车产品召回是指由汽车生产企业主动召回有缺陷的汽车。　　　（　　）

4. 在一定运行工况下,汽车行驶 100 km 的燃油消耗量越大,表明汽车燃油经济性越好。　　　　　　　　　　　　　　　　　　　　　　　　　　（　　）

二、填空题

1. 汽车产品的质量特性一般以汽车的_____、燃油经济性、_____、平顺性、_____、车身以及空间评价六个方面来反映。

2. 根据《中华人民共和国产品质量法》等法律规定,我国《缺陷汽车产品召回管理规定》于_____起开始实施。

3. 美国自_____年开始实施汽车召回制度。汽车召回分为_____召回和_____召回。

4. 汽车的动力性主要由汽车的_____、汽车的_____和汽车的爬坡能力来反映。

5. 规定产品质量特性应达到的技术要求,称为_____。

6. 汽车的爬坡能力是指汽车_____时在良好路面上用Ⅰ挡时的最大爬坡度。

7. _____是我国汽车安全评价的权威标志。

8. 汽车的安全性评价主要从汽车的_____安全性和汽车的_____安全性来进行评价。

9. _____简称"3C"认证。

10. 汽车的加速时间有_____加速时间和_____加速时间两个指标。

三、选择题

1. 汽车的爬坡能力反映了汽车的_____。

    A. 稳定性   B. 平顺性   C. 安全性   D. 动力性

2. 汽车召回制度起源于_____。

    A. 德国   B. 美国   C. 中国   D. 日本

3. 对于经常在城市和良好公路上行驶的汽车,最大爬坡度在_____左右即可。

    A. 10°   B. 16.5°   C. 30°   D. 60°

4. 汽车的_____通常又被称为汽车的乘坐舒适性。

    A. 安全性   B. 稳定性   C. 平顺性   D. 车身以及空间评价

四、思考题

1. 汽车产品的质量特性可以从哪些方面考察?

2. 如何理解汽车产品"3C"认证的目的和意义?

3. 谈谈你对我国实施《缺陷汽车产品召回管理规定》的认识。

4. 了解我国近年来汽车召回事件及其处理。

5

项目五　电子商务知识

项目描述

　　汽车电子商务这种销售模式早就被发达国家普遍使用，而且战果显赫，近年来，我国的部分汽车生产和销售企业也逐步使用汽车电子商务。通过下面活动内容的学习和体验，使学生完成对电子商务的一般理解，知道电子商务发展的过程和模式，理解电子商务对汽车企业的作用；能寻找并浏览我国汽车生产企业和销售企业的一些信息；在网上体验汽车整车销售、分销渠道网络联系模式的交易，以及网上直接销售模式的交易的过程。

活动 1　了解电子商务对汽车企业的作用

活动在教室或多媒体教室进行。能寻找并浏览我国汽车生产企业、销售企业的网站和网页,理解电子商务对汽车企业的作用。

一、对电子商务的一般理解

电子商务的定义到目前为止还没有一个统一的标准。通常人们对电子商务的理解是:通过互联网从事在线商品或服务交换的商业活动。对企业而言,也就是从售前服务到售后服务的各个环节全部实施电子化、自动化、网络化的商务活动。

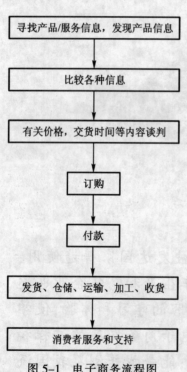

图 5-1　电子商务流程图

在营销活动中,为顾客提供良好的服务是汽车生产企业留住顾客、发展顾客的关键。电子商务流程(图 5-1)包括售前、售中、售后服务。在网络营销中,售前服务主要是通过网络向顾客介绍消费常识、产品知识、解决顾客疑问;售中服务主要是在网络交易中提供良好的交易平台、便捷的结算方式、快捷的物流配送;售后服务主要是利用企业网站受理顾客投诉、提供各种咨询和传输技术资料等。

二、电子商务的发展

电子商务源于英文 Electronic Commerce,指的是利用简单、快捷、低成本的电子通信方式,买卖双方不谋面地进行各种商贸活动。

第一代电子商务:通过电报进行贸易信息的交流。

第二代电子商务:通过电话进行贸易磋商等。

第三代电子商务:通过传真机开展商

务活动。

第四代电子商务：用计算机通过通信网络发布商品信息，制作和交换贸易文档与单据。

第五代电子商务：通过互联网发布商品供求信息，寻求贸易机会并促成交易。

三、电子商务的模式

1. 按交易对象不同，分为企业与消费者之间的电子商务（Business to Customer 即 B TO C）、企业与企业之间的电子商务（Business to Business 即 B TO B）和企业与政府方面的电子商务（Business to Government B TO G）三种模式。

2. 按交易使用的网络不同，分为 EDI 网络电子商务（Electronic Data Interchange，电子数据交换）、因特网电子商务（Internet 网络）和内联网络电子商务（Intranet 网络）三种模式。

3. 按交易商品的不同，分为无形商品或服务的间接电子商务和有形商品的直接电子商务。

四、电子商务对汽车企业的作用

电子商务为汽车产品的生产和销售企业的营销活动提供了一个可视的、生动的、快捷的交易平台（图 5-2）。

1. 网上发布信息。

企业及产品信息通过网络进行生动及时的发布，用户也可通过电子邮件等形式交换和索取所需信息。

2. 完成网上交易活动。

通过企业与分销渠道网络联系或是企业网上直接销售等模式，完成从订货到货款支付的整个交易过程。

3. 改进企业经营模式。

企业直接收集和处理客户产品需求

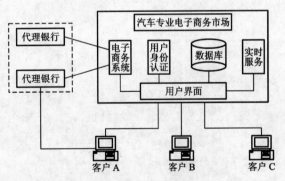

图 5-2　汽车电子商务平台

的信息,下达生产指令,实现订单生产,避免库存积压等问题,更好地满足需求。

4. 提高企业竞争力。

通过有效整合企业、中间商、金融机构和用户等资源,协调企业内部采购、制造、销售、财务等环节,企业降低成本和费用、改进生产和服务,提高企业竞争力。

活动2 网上汽车销售

 **活动要求**

活动在教室或多媒体教室进行。能寻找并浏览一些我国汽车生产企业、销售企业的网站和网页,结合实例体验网上汽车销售的流程。

活动内容

汽车行业电子商务应用一般可分为5个层次:

一是企业上网宣传;

二是企业网上市场调研;

三是企业与分销渠道网络联系模式;

四是企业网上直接销售模式;

五是供应链网上营销集成模式。

我国汽车行业的电子商务应用基本处于第一、二层。大部分汽车企业都建立了自己的商务网站,汽车整车销售正在向与分销渠道网络联系模式和网上直接销售模式发展。

一、汽车生产企业网站浏览

2007年,成都建国汽车推出"网上购车,方便到家"活动。用户只要登录 www.chinakingo.com 注册之后通过网络挑选中意的车型,提交意向信息,即可享受建国汽车提供的上门试乘试驾、上门签约、上门办理按揭、送车上门等全程上门服务。活动期间对于在网络提交订金的客户除了享受网络特惠价外,还从中抽取1位获得"免费终身维修"。

1. 上海通用汽车雪佛兰乐骋官方网站(图 5-3)

http://aveo.chevrolet.com.cn

2. 一汽-大众汽车公司网站(图 5-4、图 5-5)

http://www.faw-volkswagen.com

图 5-3

图 5-4

图 5-5

3. 广州本田汽车公司网站(图 5-6)

http://www.guangzhouhonda.com.cn

图 5-6

二、汽车电子商务网站演示

下面以北京现代汽车网站为例,消费者可以浏览网页,获取感兴趣的汽车信息。

第一步:在地址栏里面输入网址如下:

http://www.beijing-hyundai.com.cn/index.jsp 进入企业网站主页显示如下(图 5-7)。

图 5-7

第二步：点击右侧"购车支持"标签中的"我要购车"，出现如下页面(图 5-8)。

第三步：消费者在"年龄"选项中选择"20-30"、"性别"选项中选择"男"，点击"下一步"，显示页面如下(图 5-9、图 5-10)。

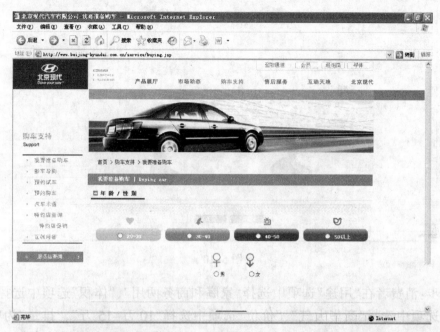

图 5-8

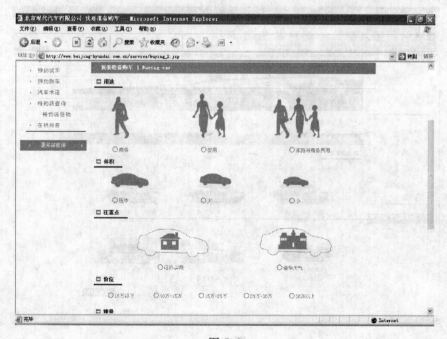

图 5-9

图 5-10

第四步：消费者在"用途"选项中选择"家庭和商务两用"、"体积"选项中选择"适中"、"注重点"选项中选择"豪华大气"、"价位"选项中选择"10万–15万"、"排量"为"1.6–2V""自动档"后，点击"提交"，显示页面如下(图 5-11)，提供了 6 款车型可供消费者选择。

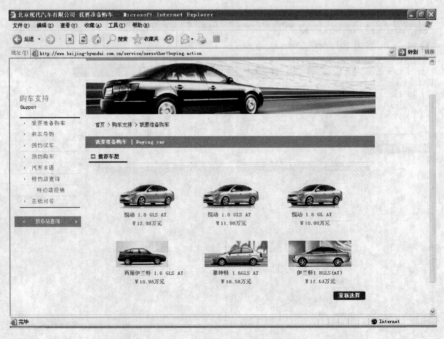

图 5-11

三、汽车销售企业网站浏览

从下列汽车销售企业的网站，我们来学习和体验一下在网上进行汽车整车销售的流程。

1. 一汽丰田汽车销售有限公司网站

第一步：在浏览器的地址栏内输入网址如下：http://www.ftms.com.cn，打开主页，如图 5-12 所示。

图 5-12

汽车营销

第二步:点击主页上"5步轻松购车"图标,链接进入下个页面(图5-13)。

第三步:点击"车型导航"图标,链接进入如下页面(图5-14),得到相关车型信息。

图 5-13

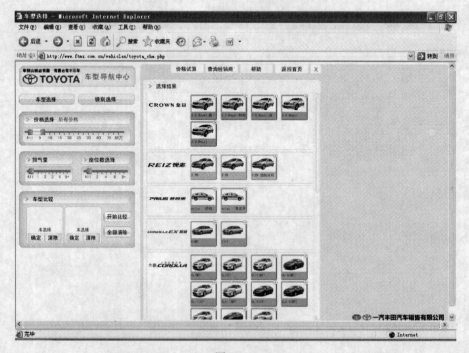

图 5-14

第四步：点击"价格试算"标签，链接进入如下页面(图 5-15、图 5-16)，得到价格计算工具。

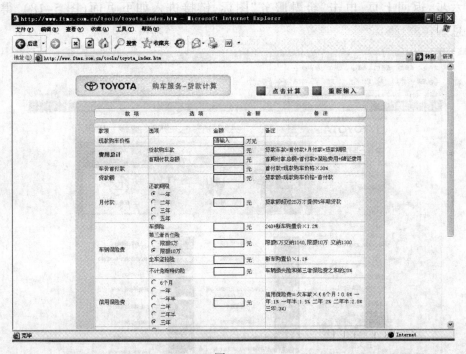

图 5-15

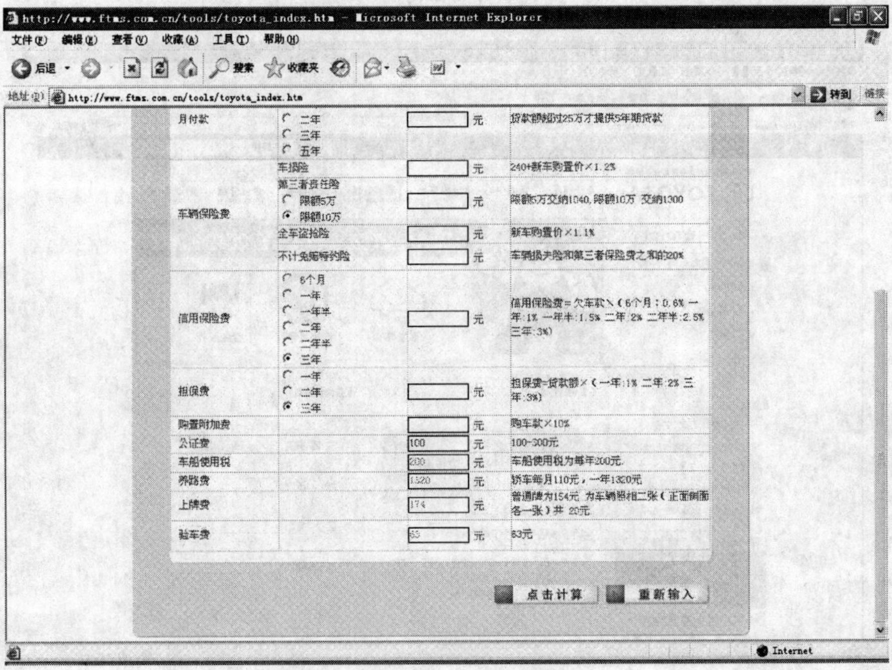

图 5-16

第五步：点击"查询经销商"，选择"上海"，链接进入如下页面(图 5-17)，得到经销商信息。

第六步：返回上页，电击"金融服务"图标，链接进入如下页面(图 5-18)，得到金融机构信息。

图 5-17

图 5-18

2. 达世行汽车公司网站

第一步：在浏览器的地址栏内输入网址如下：http://www.dshauto.com.cn，打开主页，如图 5-19 所示。

第二步：如上图选择"新车销售"标签，选择"别克"点击"如何买车"，链接进入如下购车流程页面(图 5-20)。

图 5-19

图 5-20

第三步：如上图点击"标准的销售服务流程"，链接进入如下页面(图 5-21)，选择相关内容查看销售流程。

第四步：返回上页，分别点击"车辆介绍和车辆试驾"和"签订合同，交车"标签，获得相关的购车信息。如图 5-22 所示。

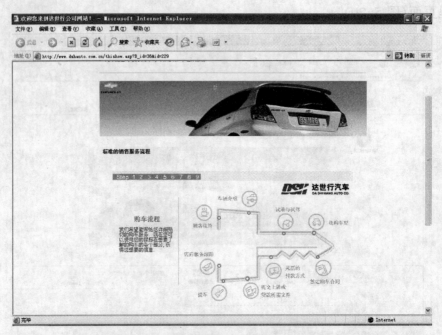

图 5-21

图 5-22

3. 北京东方永达汽车销售公司网站：在浏览器的地址栏内输入如下网址：http://www.ddauto.com.cn,打开并浏览(图 5-23)网站。

四、奇瑞 A1 网上直接销售流程

以奇瑞 A1 网络订购流程(图 5-24)为例,介绍网上直销流程如下：

图 5-23

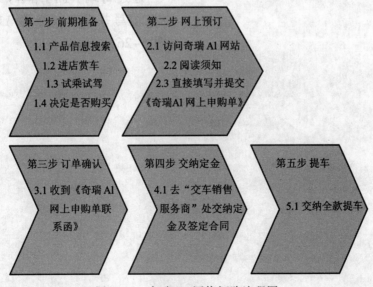

图 5-24　奇瑞 A1 网络订购流程图

第一步——前期准备

1. 产品信息搜索

您可通过奇瑞 A1 网络客户订单销售网站上海云峰交运汽车销售服务有限公司获取奇瑞 A1 产品信息。

（http://www.chery.cn）

2. 进店赏车

您可直接去当地奇瑞 A1 销售服务商展厅，欣赏样车并获取奇瑞 A1（图 5-25）相关资料，听取展厅销售人员讲解。

3. 试乘试驾

您可在当地奇瑞 A1 销售服务商处，在销售人员安排下试乘试驾奇瑞 A1。

4. 决定是否购买

登陆奇瑞 A1 网络客户订单销售网站（http://www.chery.cn）或在当地奇瑞 A1 销售服务商处了解"奇瑞 A1 网络客户订单销售模式"，最终做出购买决策。

第二步——网上预订

1. 访问奇瑞 A1 网络客户订单销售网站

通过奇瑞 A1 网络客户订单销售网站直接填写并提交《奇瑞 A1 网上申购单》（图 5-26）。

图 5-25　奇瑞 A1

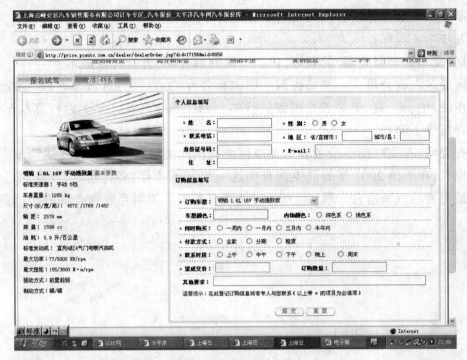

图 5-26

2. 填写《奇瑞 A1 网上申购单》

请您按要求正确填写,带 * 号为必填项,请您务必详细填写您的真实信息,并核对无误,保证与交纳定金、签订合同和车辆交付时的个人信息保持一致。如果您的电子订单填写不完整,奇瑞汽车将视该订单为无效订单。

第三步——订单确认

订单的提交、修改和取消:提交《奇瑞 A1 网上申购单》后,奇瑞汽车将根据以下三种情况,于 3 个工作日内通过电子邮件形式回复您提报的《奇瑞 A1 网上申购单》,明确是否满足您的订单。如果奇瑞汽车经反复征询您的意见后,您的需求仍无法满足的,通知您此轮的《奇瑞 A1 网上申购单》被取消。

第四步——交纳定金

1. 预订成功

在您接收到奇瑞汽车发出的表示“订单满足”的《奇瑞 A1 网上申购单联系函》后,表示您的网络订购已经成功。在收到奇瑞汽车发来的表示“订单满足”的《奇瑞 A1 网上申购单联系函》后的三个工作日内,到您要求的奇瑞 A1“交车销售服务商”处与销售服务商签订《奇瑞 A1 网上订购合同》并交纳定金,并根据《奇瑞 A1 网上订购合同》承担相关的法律责任。

2. 交纳订金签订购车合同

请您在 3 个工作日内至“交车销售服务商”处交纳定金 2000 元/辆并签订订购合同,

如未按期交纳定金并签订合同则视为放弃此订单。

第五步——提车

根据"交车销售服务商"的通知,依据车辆购销合同,进行付款提车。

法国著名咨询公司——凯捷咨询一项调查名为"2007—2008汽车在线"的全球性年度调查在法、中、德、英、美等5个国家进行的,共有2600名在一年半内打算购车或租车的消费者接受了调查。

调查表明,有20%的消费者表示如果网络提供此类服务就会选择在线购车。这一数字增速惊人,在凯捷2001年的同类调查中这一数字还只有2%。同时,互联网已成为购车一族最主要的汽车信息来源,有80%的被调查者表示使用互联网查询汽车信息。

技能训练

1. 会利用网络查找汽车生产和销售企业网站并浏览网页。
2. 会利用汽车电子商务网站进行网上交易操作。

项目小结

1. 理解电子商务的含义和对汽车企业的作用。
2. 了解电子商务的发展。
3. 查找汽车生产和销售企业网站并浏览网页。
4. 利用汽车电子商务网站进行网上交易操作。

练习与思考

一、判断题

1. 电子商务就是借助互联网发布商品供求信息,寻求贸易机会并促成交易。

　　　　　　　　　　　　　　　　　　　　　　　　　　　　　（　　　）

2. 到目前为止我国大部分汽车企业都建立了自己的商务网站。　（　　　）

3. 汽车电子商务不涉及售后服务。　　　　　　　　　　　　　（　　　）

4. 汽车电子商务就是研究如何在网上买卖汽车。　　　　　　　（　　　）

二、思考题

1. 电子商务模式有哪种分类?
2. 汽车电子商务的作用有哪些?
3. 推荐几个汽车生产企业和汽车销售企业的网站。
4. 谈谈利用网络进行汽车市场营销的不足之处。

附录 汽车营销零件图片汇总

本附录主要参照上海市汽车营销员初级考证要求,结合本教材内容,提供以下图片资料供学员进行参考和学习。

要求:能熟练识记和辨别下列图片,说出它们的名称或含义。

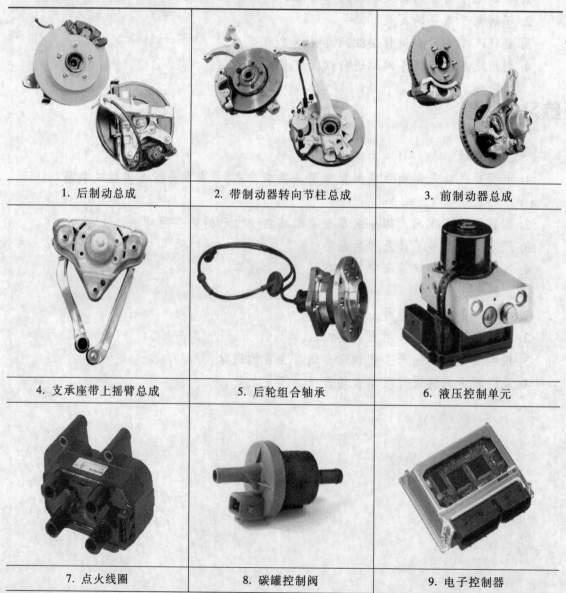

1. 后制动总成	2. 带制动器转向节柱总成	3. 前制动器总成
4. 支承座带上摇臂总成	5. 后轮组合轴承	6. 液压控制单元
7. 点火线圈	8. 碳罐控制阀	9. 电子控制器

续表

10. 制动缸总成	11. 传感器	12. 节气门体
13. 制动钳	14. 电子喷油器	15. 燃油泵支架
16. 燃油分配管	17. 节气门位置传感器	18. 爆震传感器
19. 防盗系列产品	20. 进气歧管	21. 发动机上进气歧管

22. 遥控系列产品	23. 发动机前盖	24. 通用继电器
25. 转向机壳体	26. 电动门窗升降器	27. 方向盘总成
28. 减振器支柱总成	29. 自动变速器阀体	30. 变速器壳体
31. 轿车车门内板模块	32. 前减振器支柱总成	33. 座椅总成

续表

34. 安全带	35. 点烟器	36. 水泵轴承盖
37. 方向盘及安全气囊	38. 后减振器支柱总成	39. 机油泵
40. 电喇叭	41. 空气滤清器芯	42. 起动机
43. 转向器总成	44. 叶片泵	45. 直流电机

46. 暖风空调电机总成	47. 门窗升降电机	48. ABS 电机
49. 电动刮水电机	50. 交流发电机	51. 汽车执行电机
52. 十字万向节总成	53. 别克等速万向节传动轴	54. 偏心轴
55. 帕萨特等速万向节传动轴	56. 转向器组阀	57. 转向机总成

续表

58. 钳式制动架	59. 制动液压缸总成	60. 膜片式离合器

61. 液力变矩器	62. 空调压缩机	63. 别克 2.5L 排量 V6 缸

64. 1.8L 排量	65. 东南得利卡（面包车）	66. 3.0V6CT

| 67. 长安绿色新星 | 68. 广州本田雅阁 | 69. 制动防抱死/电子差速锁 |

| 70. 奇瑞 | 71. 四轮驱动 | 72. 厦门金龙三凌（中巴） |

| 73. 风冷气缸体 | 74. 2.0 排量自动变速器 | 75. 废气蜗轮增压器 |

续表

76. 活塞连杆组总成

77. 东风 EQ1091 化油器

78. 桑塔纳化油器

79. 东风 EQ1091 汽油泵

80. 分电器

81. 高压线圈

82. 机油滤清器

83. 起动机

84. 空气滤清器总成

续表

85. 蓄电池	86. 排气管总成	87. 玻璃升降器

88. 电喷发动机节气门体	89. 电热塞	90. 电子调节器

91. 发动机油底壳	92. 发动机滑动轴承	93. 分电器

94. 风扇电机	95. 钢圈	96. 活塞环

97. 机油滤清器	98. 机油压力传感器	99. 进气歧管
100. 连杆	101. 喷油器总成	102. 起动电机
103. 气门导管	104. 曲轴	105. 水温传感器
106. 凸轮轴	107. 油压开关	108. 制动分泵

		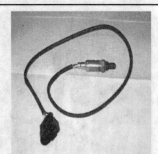
109. 单点喷油节气门	110. 火花塞	111. 氧传感器

112. 热膜式空气流量计	113. 桑塔纳机油泵	114. 燃油分配管及喷嘴

115. 桑塔纳水泵	116. 气门	117. 水冷式气缸套

118. 离合器分离轴承	119. 正时链条	120. 齿形正时带

续表

121. 东风制动阀总成	122. 液压挺柱	123. 柴油机高压油泵

124. 柴油机喷油器总成	125. 柴油机喷油嘴	126. 柴油机高压泵柱塞

127. 高压泵出油阀	128. 发动机飞轮	129. 桑塔纳燃油架及油泵

130. 桑塔纳起动电机	131. 桑塔纳发电机	132. 发动机气缸体

续表

133. 变速器总成	134. 多簧式离合器总成	135. 膜片式离合器总成
		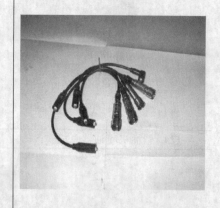
136. 液压真空加力器总成	137. 车速传感器	138. 分火线总成

139. 水温传感器	140. 电机吸铁开关	141. 雨刮器电机总成

续表

142. 离合器从动片	143. 节温器	144. 电气组合开关
145. 前照灯总成	146. 桑塔纳前制动盘及制动块	147. 桑塔纳后制动鼓及蹄片
148. 桑塔纳传动外球笼万向节	149. 桑塔纳传动内球笼万向节	150. 桑塔纳离合器分离轴承

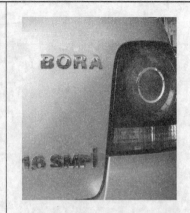

151. 迈腾 1.8 TSI	152. 东风本田 CRV VTi－S	153. 宝来 1.6 SMFi

154. 迈腾 FV7187TAT 操纵杆	155. 车牌的安装	156. 迈腾试驾车

参 考 文 献

[1] 上海汽车杂志社. 上海汽车. vol 1-12,2007

[2] 浦维达. 汽车营销. 上海三联书店,2004

[3] 韩宏伟. 汽车销售实务. 北京大学出版社,2006

[4] 陈永革等,汽车市场营销. 高等教育出版社,2006

[5] 王中亮. 市场营销学. 立信会计出版社,2004

[6] http://www.beijing-hyundai.com.cn/service/buying.jsp

[7] http://zhidao.baidu.com/question/9691604.html

[8] http://spanish.hanban.edu.cn/chinese/2004/Mar/518759.htm

[9] http://www.chery.cn

[10] http://aveo.chevrolet.com.cn

[11] http://www.faw-volkswagen.com

[12] http://www.guangzhouhonda.com.cn

[13] http://www.ftms.com.cn

[14] http://www.dshauto.com.cn

[15] http://www.ddauto.com.cn

[16] http://www.xinmin.cn

[17] http://www.citymotors.com.cn

[18] http://www.xcar.com.cn